명랑의 둘레
고진하 시집

문학동네시인선 076 고진하
명랑의 둘레

시인의 말

들풀들이 거의 시들어버린
늦가을,
개망초 쑥부쟁이 달맞이꽃 들이 여직 살아 있네.

저 명랑들을 가슴에 품고
절망과 모순의 물결 드높은 강을 건너네.

오늘
내가 힘써 저어야 할 노(櫓)의 이름은, 하루!

2015년 10월 25일
원주 명봉산 아래
고진하

차례

1부

향기 수업

때로 내 마음은 근심의 직물을 짜는 공장이기도 하지만
그 공장 옆으로 바람이 불고 심호흡하는 꽃들을 보며
하늘하늘 너풀너풀 내 근심은 간데없이 날아가기도 하지

꽃의 문을 열기도 하고 닫기도 하는
봄, 저 나른한 봄의 학교에서
개화도 낙화도 생을 단련하는 수업이지만
나비나 벌들이 잠깐 향기 은은한 꽃술에 앉아
평정을 누리는 향기 수업의 자리를 곁눈질하다
봄날이 다 갔네

행인 같은 봄이 끌고 사라진 꽃수레의 체온이
마른 잎맥처럼 가슴 언저리께 남아 잔물결을 일으키지만
숱한 이별과 친해져야 할 누덕누덕한 날들 위로
성큼 다가올 여름이 심호흡하는 소리를 듣고 있네

명랑의 둘레

홀로 산길을 걷다 자주 발걸음을 멈추는 곳
두루미천남성 군락이 있지
긴 헛줄기 끝에 긴 모가지를 쑥 뽑아올리고
외로이 먼 곳을 응시하는 듯한 두루미를 닮아 친해졌어

가시덤불과 바위들이 발걸음을 더디게 하는
울퉁불퉁한 오르막길 하염없이 걷다
호젓한 꽃그늘에 앉아 숨을 고르다보면
외로움이 출렁, 온몸을 흔드는 순간도 있지만

입석(立石) 같은 외로움이
또 한 번 출렁, 한 무더기 빛으로 쏟아지기도 하네

홀로 피어난 것이 홀로 가는 것들을 감싸는
환한 둘레가 되는 일
뒤에 두고 온 두루미천남성이 던져준 빛이네

저물녘 산길을 내려오다보니
이미 오래전 입적해버린 새의 주검 위로
나뭇가지에 열린 새들 뱃종뱃종 명랑의 둘레가 되고

대문

백년이 훨씬 넘었다는 폐가에 가까운 한옥
하지만 솟을대문은 여직 젊디젊어서
삐그덕— 고성(高聲)을 지르며 열릴 때마다
내 귀를 파릇파릇하게 하네

대문이 대문이 아니고
저 깊고 푸른 숲의 아름드리 나무였을 적,
햇살과 바람, 비와 눈, 낮과 밤,
하여간 저 사계의 족적이
여직 또렷하게 대문(大紋)으로 새겨진 대문의
저런 아름다운 무늬를 나도 얻을 수 있을까

나는 문장을 짓는 사람,
없는 빗장을 열고 대문을 밀고 들어가면
저 파릇파릇한 말씀을 받아 적을 수 있을까
서까래만한 큰 붓을 들고 있지는 않지만
백년이 지나도 썩지 않을
대문장을 휘갈길 수 있을까

자, 나 오늘 저 집으로 들어가련다
이리 오너라, 소리쳐도
열어줄 문지기도 빗장도 없지만
백년이 훨씬 넘었어도

그 소리만은 쨍쨍한 우주 명창인 대문을 열고 　　　　　—

웃음 세 송이

하루치 근심이 무거워

턱을 괴고 있는 사람처럼

꽃 핀 머리가 무거운 해바라기들은

이낀 낀 돌담에 등을 척 기대고 있네

웃음 세 송이!

웃음이 저렇듯 무거운 줄

처음 알았네

오호라,

호탕한 웃음이 무거워

나도 어디 돌담 같은 데 척 기대고 싶네

초록 스크랩

탈탈거리는 이앙기 지나간 뒤로
어린 모들 반쯤 물에 잠긴 채
초록 기쁨을 찰랑이네

저 산밭 쪽에서 날아온
재두루미 한 쌍
초록 기쁨을 스크랩하려는 듯
논물 위로 성큼 뛰어내려
못밥 먹듯 개구리 한 마리씩 낚아채어
날아오르네

이앙을 다 마친 팽씨 노인
허기진 듯 구부정한 몸을 끌고 논배미를 떠나자
정처 없이 흘러 소요하는 게 전업인
뭉게구름 일가(一家)

저 오뉴월 초록 기쁨 다 내 차지라는 듯
어린 모들을 내려다보며
빙그레 웃고 있네

억새

저 언덕 위에 실버타운이 있는 거야 뭐야

바람이 은발들의 머리칼을 온종일 빗질하고 있잖아

꾸벅꾸벅 절하는 듯한 저 포즈는 또 뭐야

고집 센 은발들이 어찌 저리도 순해진 거야

해가 지고 달이 떠도

은발들이 바람에 순순히 제 머리칼을 내맡기고 있잖아

무슨 새의 깃털이기나 한 듯

어디로 승천할 듯 저 펄럭이는 것 좀 봐

이별도 죽음도 두렵지 않은 모양이야

그 트기 어렵다는

돈(道)가 뭔가를 튼 거야

아님, 치매 삼매경에라도 든 거야

그런 거야 그런 거야

박쥐

아빠, 박쥐가 나타났어 얼른 와 무서워

난 빗자루를 들고 마루로 달려가 미친놈처럼 빗자루를 휘둘러

기어코 놈을 때려잡았지

딸의 성화에 못 이겨 그렇게 잡고 보니

날아다닐 땐 덩치가 커 보였는데 작은 조약돌보다도 작았어

연민이 일어

죽은 놈의 몸을 요리조리 만져보니

몸속엔 먹이도 똥도 내장도 아무것도 없는 것 같았지

아, 그래서 밤하늘을

그렇게 가벼이 날아다닐 수 있었구나

문득 난 손으로

밤의 천사의 날개를 조심조심 펼친 후

가만히 들여다보았지

그렇게 들여다본다고

내가 천사로 변할 일은 없겠지만

천사의 가벼운 날갯짓만은 배우고 싶어

나무도 움직인다

인부들이 간벌(間伐)을 하고 있는
깊은 골짜기를 지나는데
윙윙대는 기계톱 소리와 함께
나무 향기가 은은히 풍겨왔다
아, 그래
나무도 정지해 있는 게 아니구나
향기로
숨결로 끊임없이 움직이는구나
그 향기에 취해
산길을 한참 더 올라가다
숨이 턱까지 차
큰 나무둥치에 기대어 쉬는데
나무는 또 고요히 움직여
싱싱한 폐를
내 가슴에 얹고
심호흡을 하는 것이었다
깃털보다
가벼운 숨결로 움직여
나를 살리고
뭇 생명을 살리려
심호흡을 하는 것이었다

푸른 쉼표

여울목에 한 다리를 들고 선 저 두루미 뭐하는 거야

물속에 모가지를 처박았다 모가지 들고

하늘 한 번 쳐다보는 저 동작은 뭐야

어쩌다 주둥이에 은빛 물고기가 물려 있기도 하지만

대개는 허탕 치고 맹하니 하늘만 쳐다보는데

왜 저 동작이 푸른 쉼표로 보이는 거야

그렇다고

저 외로운 소풍에

딱히 동행하고 싶은 맘 없지만

히히, 왜 며칠쯤

가출해도 좋겠다는 생각이 드는 것이냐

첫 불

손수 만든 아궁이 속으로 마른 장작을 밀어넣고

첫 불!을 당겼어

오래 허기진 듯 아궁이는

장작에 붙기 시작한 불을 쭉쭉 빨아들였지

얼쑤! 신이 난 나는

불길이 빨려들어가는

불의 자궁 속을 한참 들여다보다가

하긴, 모든 불이 첫 불이지

저 구들방에 누가 들어가 지지든

자글자글 끓는 저 방에서

혼자 지지든 누구랑 붙어 지지든

매일 밤이

첫날밤이지

신혼이지

(암, 그렇고말고!)

엘리제를 위하여

낡고 오래된 시골 방앗간 옆을 지나는데, 어디서 귀에 익은 음악 소리가 들렸다. 저거 뭐지, 아, 그래 그래……

음악 소리에 이끌려 귀를 쫑긋 세우고 가까이 다가가자, 붉은 녹이 잔뜩 슨 방앗간 양철 벽 옆에 막 도정한 듯한 쌀 포대가 산더미처럼 쌓여 있고, 그 쌀 포대를 저온 창고로 옮기느라 지게차가 분주히 움직이고 있었다

한꺼번에 쌀 수십 포대를 올려놓고 지게차가 후진, 직진을 반복할 때마다, 경쾌한 피아노 소리가,
엘리제를 위하여가 하얀 건반처럼 백미처럼 쏟아졌다

우락부락한 표정의 기사 아저씨, 그 음악 소릴 듣는 것 같진 않은데 무지막지하게 생긴 지게차는 그걸 듣는지 육중한 짐을 싣고도 가볍게, 가벼움게 짐을 싣고 내리는 것이었다

저 음악, 명불허전의 음악 때문일까, 방앗간 위로 비눗방울이 날아오르고 깃털이 날아오르고…… 허허, 저러다 지게차 하늘로 승천하는 거 아냐?

물물 교환

택배로, 쌀이 한 포대 왔다 이런!
기어이 올 것이 왔구나!

지난겨울 생면부지의 어떤 노인이 전화로, 시집을 읽고
감동받았다며 대뜸 자기네 선산에 세울 비문을 써달라고 하
기에 완곡하게 거절했으나, 얼마 뒤 눈보라치는 악천후 뚫
고 직접 찾아와 떼쓰는 통에 차마 거절 못하고 써주마 하며
좀 기다리시라 했는데,

목구멍이 포도청인 내 목구멍 속으로 다짜고짜 밀고 들
어왔다
전라도 어디 청룡등이라던가, 그 산자락에 세울 비에
뭐라 써줄지 아직 감감하기만 한데
비문과 바꿀 쌀 30킬로로 우격다짐 밀고 들어왔다

전에도 어느 시 잡지에서 원고료 대신 보내준 쌀을 받은
적 있지만

이제 내 생계는 이러구러 물물 교환으로 가는 것이냐

허 참, 이래도 되나 이래도 되나

사순절 무렵

바람은 잔뜩 성난 사람처럼
낡은 대문을 쾅당! 발로 차고 가네

바람은 때 이르게 핀
찔레꽃 덤불 마구 흔들어
꽃잎들 하르르하르르 쏟아버리고 가네

미지의 허공에 발길질하고
낯선 희망을 흔들며 짓밟고 가는
저런 순간들이 나는 두렵네

피는 꽃과
지는 꽃 사이
가시면류관을 쓴
슬픔의 얼굴이 언뜻 스쳤던가

봄의 대지를 말리러 온다는
꽃샘바람,
얼굴 없는 슬픔으로 돌아선
젖은 눈자위도 뽀송뽀송 말려주려나

연두 깔리는 대지에도
설치류 이빨 같은

가시가 뾰족뾰족 돋는 사순절 무렵……   —

고로쇠나무 우물

그 오지에는 지금 갈 수 없으므로
그 오지의 빙설에 갇혀 있을 고라니 애인을 생각한다
이른봄의 궁기 털어낼 듯
아지랑이 피어올라 산허리를 친친 애무하고
혹한을 견딘 나목(裸木)의 팔뚝마다
연둣빛 꽃눈 톡톡 튀어올라
봄의 빗장 여는 소리로
곰배령 계곡은 잔뜩 들떠 있겠지만
아직 꽝꽝 얼어붙은 계류가 녹지 않아
물 한 모금 쉽게 마실 수 없을
고라니 애인의 목마름을 생각한다
길 없는 산길
더듬더듬 더듬어 올라가면
우람한 고로쇠나무 우물이 있어,
그 우물에 두레박을 내려
겨우 해갈의 기쁨을 누리고
그 우물에 상표를 붙이는 이들을 연민할
산토끼 소녀의 충혈된 눈도 생각한다
험준한 산등성이 헐떡거리며 넘던
구름 탁발승이 내려와
초췌한 얼굴 비춰보고
기러기 순례도 깊이 빨대를 꽂고
그믐달 술래도 몰래 발을 적시고 갈

고로쇠나무 우물의
샛노란 빈혈에 대해 생각한다
늦게 해가 떠오르고 일찍 해가 떨어지는
곰배령 계곡
그 오지에는 지금 갈 수 없으므로
그 오지에서 사랑의 빈혈을 앓고 있을
멀대처럼 키만 큰 고로쇠나무 우물을 생각한다

아지랑이야

개여울 건너 산밭에서
두엄 냄새가 날아온다
앞산 능선을 타고
방사능 바람이 불어온다
올해도 매화나무는
어김없이 꽃눈을 터뜨리고
잊힌 연인의 숨결 같은
아지랑이가
들판에 봄을 파종하고 있다
소 대신 늙은 아낙이 쟁기를 끌다
휘청, 쓰러지고
겨우 갈아엎은 산밭 이랑 이랑엔
까마귀 몇 마리 날아들어
새참 달라고 까옥거린다
정오 지나 개 짖은 소리와 함께
탈탈거리며 달려온 빨간 오토바이는
세금 고지서 몇 장과 늦은 조간신문을
담 너머로 획 던지고 사라진다
여직 공복인 나는
늦은 조반(早飯)을 펼쳐든다
2012년 12월 21일 지구의 종말을 굳게 믿는
종말론자들이 프랑스 어디 산마을에
산란하는 개구리떼처럼 모여 있다고 한다

어디나, 봄은 봄인 모양이다

난 종말을 구매하는 자는 아니므로

쿠리쿠리한 두엄 냄새를 사랑해야 하고

꽃구름 타고 실려 오는

방사능 바람을 실컷 마시며

봄의 들길을 걸어야 한다

너무 늦었다는 절박한 문장들이

탁발하듯 떠돌아다니는 시절,

내가 할 수 있는 일이란 없는 것이냐

아지랑이야, 오늘도

깜냥 깜냥에 봄을 파종하는

잊힌 연인의 숨결 같은

아지랑이야

내 귀에 복면을 씌우고

아궁이에 불을 지피고 있는데
부엌에 있던 아내가 쪼르르 달려와 들어보라고, 내 귀에
갖다댄
물 담긴 쌀바가지 속, 쌀 붇는 소리는 들릴 듯 말 듯 잘 들
리지 않았네.

안 들려요? 안 들려. 안 들린단 말예요? 안 들려…… 아,
아, 들려, 조금씩 들려…… 짜글짜글…… 뽀글뽀글…… 무
려 30년이 넘도록 쌀을 불렸지만 처음 들어본다는 그 소
리……

그래, 그 방면의 전문가가 30년 만에 들었다면 난 거의 공
짜로 들은 셈인데
아예 들은 체도 알은체도 말아야지…… 마른 쌀 붇는 저
세미한 소리 우리 식구들 살리는 소리 아닌가 첫 아이 임
신했을 때 아내 뱃속에서 들릴 듯 말 듯 들리던 태동처럼!

하여간 당신 덕분에 내 귀가 호사를 누렸으니 이젠 세상
의 모든 큰 소리들을 거절하리.
(대개 큰 소리들은 생명을 죽이는 소리이니!)
그리고 큰 소리만 잘 듣던 내 귀에 복면을 씌우고, 들릴 듯
말 듯 세미한 소리에 징검다리를 놓으리.

2부

입춘 무렵

겨우내 웅크리고 있던 텃밭의 파들이 힘차게 기지개를 켜고 있네
내일이 입춘,
겨우내 흰 광목을 한 필씩 제 몸에 두르고 있던
파, 파, 파들이 파랗게 날 선 창끝으로 광목을 쭉쭉 찢으며 소리치네

봄이야!

고해

꽃사슴 농장 앞을 지나다가 움찔, 놀라 멈춰 섰습니다.
얼추 스무 마리쯤 될 꽃사슴들이 더러운 진구렁 속에 우
뚝 멈춰 서서 마흔 개쯤은 될 똥그란 눈빛으로 일제히 날 응
시했습니다.

이 벌건 대낮에 초롱초롱 피어난
저 눈빛들이 판관(判官)이시라면
사랑을 시비하는 판관이시라면
없는 죄라도
탈탈 털어 고해(告解)하고 싶은
봄날.

제비가 다녀가셨다

빨래도 안 걸린 빨랫줄이 갑자기 팽팽해졌다
문득 눈 들어보니, 아 제비!
일곱 분이나 날아와 까딱까딱 앉아 계셨다
귀인을 만난 듯 반가웠지만
애써 무심한 눈길로 일곱 분의 내림(來臨)을 멀찍이서 지
켜보는데

그 흔한 재잘거림도 없이, 두리번두리번
집안을 살피는 눈치시다
검정 그을음이 주렁주렁 매달린 대문간 처마 밑
낡은 제비집이 하나 있긴 한데,
그쪽으론 아예 눈길조차 주시지 않는다 작년 봄,
이사 오려고 할 때 구석구석 흉흉하여
이삿짐 들여놓기가 찜찜했는데
저 두리번거리는 동작도 어쩜 그런 걸지도 몰라

빨랫줄에 널린 마르지 않는 슬픈 기억들처럼
간당간당, 흔들리면서
내가 일어나서 기척을 낼 때까지 날아가시지 않았다
야생의 씨란 씨는 다 말려 죽이는 세상, 잠시 후
빨랫줄을 출렁, 흔들어놓고 사라진
저 일곱 분,

오늘 뵙지 못한 것으로 해야겠다 —

울음 농사

열대야는 잠 못 드는 사람을 집 바깥으로 내몬다
딱히 갈 데라곤 없다 후미진 골짜기 아흔아홉 마지기쯤 되는
천둥지기 논을 따라 난, 후텁지근한 어둠이 삼켜버린 농로 위를 어슬렁어슬렁 걷는다

허허, 여기도 잠 못 드는 것들이 있었구나
와글와글 개굴고굴…… 멍머구리 떼울음 아흔아홉 마지기, 누가
희끗희끗 백발만 휘날리는 이 골짜기에 울음 씨앗을 파종했나
지난해 세상 뜬 권씨 영감네 논배미가 이 부근이었는데, 그 영감 꽃상여에 태워 이 길로 북망산 보낼 때
곡소리 요령 소리 뒤섞여 질펀했는데, 이러구러 이 골짜기 울음 농사 풍년일세

일찍 왔다 간 장마 뒤끝, 모처럼 밤하늘엔 높은음자리표 같은 별들이 총총한데
저 별들은 불학무식한 것들도 읽을 수 있는 악보일까 골짜기를 살리고 농사를 살리는 울음소리, 와글와글 개굴고굴…… 세상에 저런 악다구니가 없다 잠이 다 확 깬다 냉방, 이런 확실한 냉방이 또 있을까
이슥해진 밤,

저 울음바다 속으로 날 밀어낸 까닭을 이제사 알겠다

인동초야, 용서하지 말거라

나비는, 다 어디로 사라진 거야?
봄날이 다 가도록 꽃밭 지날 때마다
허공을 보고 중얼거리다가
오늘 아침 노란 겨자채꽃 핀 뒤란에서
배추흰나비 두어 마리 선회하는 걸 보고 안도했던가.

노쇠해져버린 육신에 이제 기본값을 바라지 않듯
더이상 청춘의 별이 아닌,
병들고 늙은 지구에 기생하는 주제에
그런 값을 바라지 말아야 하는 것일까.

때로 어스름 산책길에 스치는 빈집,
어쩌다 안이 궁금해 까치발 하고 담 너머로 들여다보면
만화방창(萬化方暢),
인간 냄새만 안 나면 기본값은 문제없다는 듯
온갖 풀꽃들 좁은 마당과 봉당 지붕 컴컴한 부엌 바닥까지
흐드러지게 피어 있네

늦은 오후,
밥에 섞어 먹을 잡곡 몇 가지 사러
마을 서낭당 옆에 있는
가톨릭농민회 매장에 갔다 돌아오는 길,
제초제 맞고 샛노랗게 변색된 개울가 풀숲에서

기절했다 어쩌어쩌 살아난   ─
인동초 그윽한 꽃향기 맡으며

어디 쥐구멍이라도 있으면 들어가 숨고 싶었네
지구의 향낭에 맹독을 쏟아부은, 그래도 그 인생의 잔에
무심코 향을 쏟아붓는
인동초야, 부디 용서하지 말거라
내 옷깃까지 묻어온 독한 슬픔을 이기려 부탁하노니
나비의 날갯짓 같은 기쁨도 오늘은 사양하노니.

잡초비빔밥

흔한 것이 귀하다.
그대들이 잡초라 깔보는 풀들을 뜯어
오늘도 풋풋한 자연의 성찬을 즐겼느니.
흔치 않은 걸 귀하게 여기는 그대들은
미각을 만족시키기 위해
숱한 맛집을 순례하듯 찾아다니지만,
나는 논밭두렁이나 길가에 핀
흔하디흔한 풀들을 뜯어
거룩한 한 끼 식사를 해결했느니.
신이 값없는 선물로 준
풀들을 뜯어 밥에 비벼 꼭꼭 씹어 먹었느니.
흔치 않은 걸 귀하게 여기는 그대들이
개망초 민들레 질경이 돌미나리 쇠비름
토끼풀 돌콩 왕고들빼기 우슬초 비름나물 등
그 흔한 맛의 깊이를 어찌 알겠는가.
너무 흔해서 사람들 발에 마구 짓밟힌
초록의 혼들, 하지만 짓밟혀도 다시 일어나
바람결에 하늘하늘 흔들리나니,
그렇게 흔들리는 풋풋한 것들을 내 몸에 모시며
나 또한 싱싱한 초록으로 지구 위에 나부끼나니.

모란

꽝꽝한 한겨울 돌담 아래
모란(牧丹),
꽉 다문 묵언의 입술처럼
깊은 침묵에 잠겨 있네.

저 단단한 목질(木質)을 뚫고 나올
연둣빛 말씀의
봄은 아직 먼데,
얼마 전 저승 떠난
노모의 사망신고서
아직 잉크도 덜 말랐을 텐데,

달관일까, 아님 체념일까
모란 둘레에
지그시 눈길 던지며 아내가 중얼대네.
나, 죽으면
저 밑에 묻어줘요.

들을 귀 있어 들었다면
올봄,
연둣빛 받침 위로
벌어질 모란꽃 더욱 붉겠네.

대대적 사건

'푸른 육묘장'이란 낡은 입간판이 삐뚜름하게 걸린
비닐하우스, 어제도 오늘도 애써 무심히 지나쳤지만
사나운 바람결에 흔들리는 입간판이 아슬아슬하다

오늘따라 더욱 광분한 바람,
미친년 치맛자락처럼 찢어진 비닐을 사정없이 할퀴고 찢
고 또 할퀴고 찢어, 금방이라도 비닐하우스를 떠메고 지구
밖으로 날아갈 듯…… 오, 전쟁터가 따로 없구나

과연 누가 여기 어린 묘목을 키웠을까 싶다 연둣빛 어린
묘, 묘, 묘…… 쑥쑥 자라는 모습 보며 생의 난경(難境), 적
막을 잊지 않았을까 싶다
귀농을 권장하는 시절, 육묘 사업을 대대적으로 벌였다
망해서 떠났다는 소문 자자한데

육묘장 둘레엔 어김없이 봄이 상륙하고 있다 아무도 파종
하지 않았지만 꽃다지 제비꽃 광대나물 들이 배밀이하는 아
기들처럼 쏙쏙 고개를 내밀고 있다, 무슨 전쟁처럼

봄이 오는 이 대대적 사건, 파릇파릇, 여리고, 눈부시다

해토머리

바야흐로 입춘 지나,
해토(解土)가 천천히 진행중인 사래 긴 밭에
한 해 농사 작파해버린 배추들이 그대로 널브러져 있네

아마도 똥값이 되어 천덕꾸러기로 방치했겠지
그 속상한 농심, 이심전심 스며들어 그걸 지켜보는 마음
도 짠한데 왜 확 갈아엎지 않고 저대로 두었을까, 오래 수장
된 물속에서 건져올린 허연 두개골들 같은 저 흉물을
일부러 천하가 보란듯 전위 미술 작품처럼 전시해두고 있
는 것일까

가까운 밭엔 부지런한 늙은 농부 트랙터로 산더미 같은 두
엄 퍼느라 분주하고
거기 뭐 먹을 게 있다고, 까치떼 수십 마리 아귀처럼 들며
날며 깍깍거리지만

황량한 들판에 수용된 난민 꼴로 오종종 오종종 모여 있는
배추밭 우론 참새 한 마리도 얼씬거리지 않네

똥 속의 보석

꿈에, 초록 무성한 숲으로 스며들었지
웬 아이가 나무 아래 엉덩이를 까고 앉아
똥을 누고 있었어
가까이 다가가 보니,
아이가 싸놓은 황금 똥에서 김이 모락모락 나는데
똥 속에 둥근 보석 하나가 반짝였지
무심코 그 보석을 집어들었는데
문득 아이가 고개를 돌리고 나를 빤히 쳐다보는 거야
깜짝 놀랐지 그 아이는
어릴 적 내 모습을 쏙 빼닮아 있었어
그 순간 아이가 싱긋 웃으며 말했지
아저씨,
그 보석 바로 아저씨예요!
나라니?
내가 똥 속에서 나온 보석이라구?
그렇게 질문하는 사이,
아이는 어디론가 감쪽같이 사라졌지
한참 숲속을 헤매며 아이를 찾다가 꿈을 깼는데
그 보석 바로 아저씨예요!
그 말의 여운 아직도 귓가에 쟁쟁한데……

예수

당신 상품 가치는 이제 꽝이야

덩달아 나도 꽝이야

(거품이 쫘악 빠진 거지)

곧 저울 눈금 0이 될 거야

(그건 당신과 나의 본적〔本籍〕)

차라리 잘된 거야

비로소

당신도 나도 승천할 수 있을 테니까

야소*야,

야소야,

근데 왜 찔끔 눈물이 나지?

* 야소(耶蘇): 예수의 음역어.

성(聖)모자상

안성 미리내에 있는
유무상통 마을 성당 앞에는
대리석으로 빚어놓은
한국적인 성모자상이 다정하게 서 있지요.
찰랑찰랑
물이 담긴 물동이를
짚 똬리 받친 머리에 이고 오느라
살짝 들어올려진 적삼 아래로
둥근 젖가슴을 드러낸 성모님,
그 성모님 젖을 먹고 자랐을
소년 예수가
성모님의 손을 잡고
지게를 지고 있는 모습이 발걸음을 멎게 했어요.
가만히 두 손을 모으고
성모자상을 바라보다가,
(불경스럽다고들 하시겠지만!)
성모님의 풍만한 가슴에
얼굴을 묻고
성모님의 젖도
빨아먹고……
해맑은 미소를 머금은
지게꾼 소년 예수로 태어나고 싶었습니다
천진 우주를 떠메고 가는

지게꾼 소년 예수로 태어나고 싶었습니다.   —

움직이는 사원

매일 걷는 농로에서
길을 더듬어 가시는
민달팽이를 보았네.
우주와 교신할 안테나를 쑥 뽑아올리고
조심조심 길을 더듬으며
어디로 가시는지.
그렇게 가시다 해님도 한번 슬쩍 쳐다보고
대낮에 불 밝힌
달맞이꽃 성좌도 힐끗 쳐다보고
제 곁에 쪼그려 앉아 저를 들여다보는
인간도 무심코 쳐다보며
어디로 가시는지.
지상에 무슨 신성한 사원이 있다면
저 느리디느린 보행 사이,
두 더듬이 사이에나 있을 것이네.
쉴 새 없이 움직이는
저 고요 속에……

달의 걸음걸이

오늘은 종일 하모니카도 불지 않고
그냥 머리맡에 두었다.
한밤중 혈압이 갑자기 뚝 떨어져
병원 응급실로 실려간 딸의
창백한 근심도 잠시 맡아두었다.
방마다 불을 밝혀둔 채
딸이 돌아오기를 기다리는
집안은 정적이 감돈다.
저녁 내내 돌담 주위를 맴돌던
발정난 고양이 울음소리도
이젠 조용하다.
흙과 울음의 혼합물만 같은
저런 생명을 연민하는 일이
내 삶의 몫인 것 같다는 생각도 잠깐.
대문께 나와 있는 어두운 이마 위로
내 하루치의 근심을 위무하듯
소리 없이 떠가는
달의 쓸쓸한 걸음걸이.

큰 고요에 대고 빌다

이른 아침, 텃밭 가장자리에
삥 돌아가며 분꽃 씨앗을 뿌렸다 명봉산 등성이를
빠르게 훑고 내려온 꽃샘바람
붉은 흙먼지를 한바탕 피워올리더니
노출된 내 목덜미를 싸늘히 훑고 지나간다 하지만
이미 안전핀이 뽑힌 대지는
천지사방 시퍼런 풋것들을 펑펑 터뜨리기 시작한다
땅에 묻힌 쬐고만 수류탄, 분꽃 씨앗도
곧 푸른 뇌관을 터뜨리며 제 본색을 드러내리라
오후 들어, 한겨울 냉기 가시지 않은 구들을 덥히기 위해
사랑방 아궁이 앞에 쪼그려 앉아
우표가 그대로 붙은 신문지를 쭉쭉 찢어 불을
댕긴다 기름 냄새 물씬 풍기며 타오르는
불꽃은 이글이글거리는 눈알로 검은 활자를 읽어내려간다
읽는다고 제까짓 게 뭘 알까만
문득 내 눈앞으로 활활 타며 스쳐가는 기사 하나;

  티베트의 젊은 여승,
  스물세번째로 분신하다

미처 다 읽기도 전 소지(燒紙)처럼 타올라
허공 속으로 훨훨 훨 훨 날아오른다
지독한 동장군과 싸우며 기다려온 봄,

씨앗 한 톨 새싹 한 잎마다 올올이 새겨진
신의 지문을 읽는 큰 안복(眼福) 누리고는 있다만
여느 해와 다르게 욱신욱신거리는
이 낯선 봄의 통증. 저물녘 나는 자전거를 타고
마을 언덕에 있는 천주교 공소로 올라가
소음의 혀 쏙 내밀어 큰 고요에 대고
빌어본다 푸른 페달을 밟고 오시는
봄의 궤적에 내 발칙한 슬픔 섞이지 않기를,
저 남국에서 밀려오시는 꽃의 시간 속으로
제발, 청춘의 불발탄들 폭발하는 일이 없기를!

봄의 첫 문장

온종일 집에 혼자 있었네
자주 열어보던 인터넷 창도 열지 않고
잉크가 번지는 종이 정원에도 얼씬거리지 않았네

잔설 위에 쌓이는 눈송이 같은
첫 문장을 받아쓰고 싶은 생각도 없었네

아궁이의 불을 지피고
개똥 무더기 치우고 나서
혹한에 얼어죽을까 염려되어
겨우내 감싸둔
어린 감나무의 짚 붕대를 풀어주었네

짚 붕대를 풀자
입을 꽉 다문 연둣빛 잎눈이
온종일 침묵을 지킨 내 입을 열었네

오, 살아 있었구나!

무심코 잎눈과 나눈 봄의 첫 문장이었네

오리무중

갈수록 오리무중이다
오리를 가고 나면 또 오리가 무중이다
답답한 마음 달래려 호숫가를 걷다가
물속을 자맥질하고
또 자맥질하는 오리들을 본다
쬐고만 창자를 채워줄 물속도
물속 시계(視界)도 오리무중인 모양이다
그래도 또 자맥질하길 그치지 않는
잔잔한 수면에 이는 파문이 뭉클하다
파문당한 어떤 생의 헛발질처럼
쉴 새 없이 헤적이는 갈퀴발질이 생생하다
물의 심장처럼 두근두근 떠 있다가
저녁놀 머금고 날아오르는 오리들처럼
생생한 물음 머금고 그냥 가야 할 모양이다
한 모롱이 두 모롱이 감돌아 오리를 가고
또 오리를 가도 오리무중
아득한 하늘길을 너도 가고 나도 가고
그렇게 하루가 캄캄하게 갔다
어디 방점 한 점 찍을 데 없는 하루가
그렇게 가볍게 갔다

황금 그늘 속으로

나무들이 날 받아준다고 생각한 날
나무 그늘에 앉아 무슨 법어(法語)처럼 흩날리는
노란 나뭇잎으로 삶의 상처를 싸맨 날
새들의 보금자리인 나무 밑동의
검은 구멍 속으로
내 생의 도반인 외로움도 밀어넣었지
자화상을 그리라고 하면
머리에 사슴뿔 같은 나뭇가지가 불쑥 솟은 걸
투박하게 그릴 테지만
그렇게 그린 도깨비 뿔 같은 형상을 보고
사람들이 낄낄거리겠지만
그동안 내가 숭배해온 어떤 형상들도
나무보다 아름다운 건 없었어
타인의 둥지를 넘보지 않고 살아온 건
제 몸을 새들의 둥지로 기꺼이 내어주는
한아름 나무를 껴안으며 배운 거야
그리워도 누굴 찾아 나서지 않고
터줏대감인 고독의 뿌리에 몸을 맡기는
한아름 나무 품에 안기며 배운 거야
어느 봄날 찾아간 팔백 년 된 은행나무
그 나무가 받아줘 그 품에 스스럼없이 안긴 날,
파릇파릇 피어나는 어린 잎새들
바람에 떨며 날개 치던 무수한 잎새들

지상의 고요에 활력을 불어넣던 팔랑이는 잎새들
그 아래 앉아 고요를 즐기다
나도 날개를 얻어 하늘로 날아올랐지
내 뒤를 졸졸 따라온 삽사리도 컹컹 짖으며 날아올랐지
그렇게 날아올라도, 그 황홀
그 허무의 구름밭이 머물 곳이 못 됨을 눈치챈 날
나무 그늘 속으로 다시 숨어들며
은자의 삶에 눈길을 주었지
나뭇가지 찢어지도록 퍼부은 폭설과 혹한을 견뎌낸
봄의 정령과 입 맞춘
나무의 영혼들, 그 고요의 소용돌이 속으로
햇살과 바람과 침묵이 스며들 때
생의 남루를 펄럭이며 나도 스며들었지
아무리 늙어도 치매에 걸리지 않고
아무리 늙어도 소유욕에 끄달리지 않는
나무가 그 황금 그늘에 말없이 날 품어준 날

봄의 우울

봄의 전령은
뚜우 뚜우우 나팔을 불며 오지 않는다
논밭두렁에 낮게 엎드려
배밀이하는 꽃다지, 제비꽃, 질경이,
소리쟁이의 걸음마로 온다
영동엔 봄눈이 내리고
영서엔 꽃샘바람이 불어
걸음마하던 봄꽃의 살갗이 트고
겨우내 거실을 덥히던
연탄난로의 철거를 미루었다
털벙거지 다시 꺼내 뒤집어쓰고
모처럼 나선 산책길,
죽은 아카시아나무 한 그루가
불쑥 내 보행을 간섭한다
예리한 낫으로 껍질을 도려낸 듯
나무 밑동이 벗겨져 시커멓다
봄의 전령도 봉합할 수 없는
저 검은 상흔,
이제 사계의 환희나 괴로움은
죽은 나무의 것이 아니다
지난해 거의 폐사되었다는
토종벌들의 것도 아니다
인적 없는 농로 옆으로

배밀이하던 봄꽃들이
일찍 얼굴 내민 걸 후회하는 듯
오스스오스스 찬바람에 떨고 있다
찔레나무에 매달린 인동 마른 덩굴도
다공(多孔)의 뼈 부서지는 소리를 낸다
늙은 농부들이 어슬렁거리며 나와
우두둑 기지개를 켤 절기,
혹한의 겨울을 무사히 난 텃새들만
농로 위 흐린 하늘을 휘젓고 다닌다
언제나 명랑한 저 날것들
저 날것들
날것들
산책자의 우울을
풍경 바깥으로 밀어내면서
주춤주춤 배밀이하며 오는
이 봄의 전령을 희롱하고 있다
이 봄의 우울을 완성하고 있다

무청

된장국을 끓이겠다고
겨우내 바람벽에 매달려 흔들리던
마른 시래기를 떼어다 달라고 아내가 말했다.
시래기가 된 무청은 영양가가 풍부하다고.

그렇다면
평생 숱한 시련의 바람을 맞으며
시래기보다 더 시달린 나는
이 나이 먹도록
왜 영양가 있는 사람이 되지 못했을까
왜 지혜가 풍부해지고
슬기가 자라지 못했을까
왜 저 인간은
저승사자도 안 데려가는 거야,
그런 소리나 자꾸 들어야 할까

시래기 된장국 끓는 냄새가
집 밖까지 솔솔 새어나오는 아침
여직 장독대에 쌓인 눈과
이마에 얹히는 햇귀와
함께 식탁에 앉을 생각에 행복해하면서도
어떻게 무청처럼 영양가 높은
청청한 사람이 될까

하는 생각으로 골똘해진다 ㅡ

뒷간

뒷간에 가는 일은 소중하다
간밤에 쌓인 술독을 빼기 위해 가기도 하지만
슬픔의 독을 덜어내기 위해 가기도 한다
슬픔의 독이든 술독이든
변기의 물과 함께
그냥 주르르 흘려보내는 것이 다반사이지만
못대가리처럼 벽에 붙은
귀뚜라미가 그것들을 가져가 귀뚤귀뚤 울어대기도 한다
그러나 뒷간에 갈 때마다
뭘 빼거나 덜어내기 위해서만 가는 건 아니다
하늘로 향한 창밖 총총한 별들 바라보며
별들의 희열을 탁본하기도 하고
별들이 읊어주는 시를 베껴오기도 한다
뒷간에 가는 일이 소중한 건
적어도 거기서는 뭘 움켜쥐려 하지 않는다는 것이다
빼고 덜어낸 뒤 시원스레 흐르는
물소리에 귀를 기울이게 된다는 것이다

월식
─한 지구인의 인증 샷

나를 어둡게 하는 건
바로
나로구나.

3부

생일

보내신 분의 뜻을 생각하는 아침,
미역국을 한 숟가락 뜨다 말고
치매 요양원에 계신 어머니를 떠올린다

첫, 미역국에 어머니는
어떤 눈물을 섞어 후루룩 마시셨을까
오늘 내 눈물은 기쁨 반 슬픔 반
보내신 분의 뜻의 신비 앞에 서성이며
잴 수 없는 풍진 세월의 깊이를
숟가락으로 떠 마셔본다

돌아보면,
망각은 은총임이 분명해
그렇게 망각해버리지 않았으면
광인이 되거나 바보가 되었을 것이다
하지만 보내신 분의 뜻을
새삼 기억하게 된 건
분명 하늘의 사은(謝恩)

그리하여 오늘도
흘러가는 저 구름밭 허무에 나를 내어주지 않고
밥과 희망을 숟가락으로 뜨니
영원히 젊은 그분의 심장에 빨대를 꽂고

창조의 새 아침을 맞이하느니 　　　　　　　　　　　　　　　　—

그림자의 속삭임

"너 스스로 아무것도 아니라고 생각하면
넌 정말 아무것도 아니라구!"
일찍 소등한 방 어스레한 창유리에 어른거리는
그림자가 중얼댄다
늦은 오후엔 저 그림자보다 배나 큰 그림자를 끌고
뒷산 오솔길을 천천히 걷다가 돌아왔다
오래된 낙엽송 군락을 지나 찔레꽃 향 은은한
흰 그늘 아래 앉아 가쁜 호흡을 고르다가
좀 헐렁헐렁해진 나를 굽어보았다
그때 눈앞에 펼쳐진 쬐고만 나비들의 군무
그게 내 눈엔 촌로들의 막춤으로 보였는데
그 날랜 율동이
오솔길과 오월 숲에
무슨 빛을 퍼 나르는 것 같았다 출렁이는
강에 내리는 햇빛처럼 두근거리는 내 심장 가까이
환한 파동으로 밀려왔다
이 늦은 밤
하루 빛을 안으로 잘 갈무리한 그림자가 속삭여주는
어머니 같은 말씀, 저 높고 깊은 근원에
이어져 있음을 고마워하면서
좁은 오솔길을 벗 삼은 내 가슴에 자존의
꽃그늘 하나 엷게 드리워주심을 고마워하면서

함박눈

스무 살의 나이를 껴안고
서른 살의 나이를 껴안고
마흔 쉰의 나이를 껴안고
또 껴안을 나이가 있기는 있을까 했는데

오늘 귀빠진 날
또 이 나이를 대책 없이 껴안고
대책 없는 날들을 설렘으로 바라본다
대책 없이 꽃을 낭비하고
대책 없이 시를 낭비하고
대책 없이 신을 낭비하듯
그 어디에도
묶이지 않는
맨발의 영혼으로
살아갈 수 있을까

늦은 십이월의 저녁
혼자 자축의 촛불을 켜놓고
내가 껴안은 나이들의 기쁨과 슬픔의 농성이
웅성웅성
지나가는 것을 본 뒤
오늘 또 이 나이를 껴안는 나를 위해
대책 없이 내리는 함박눈을 하염없이 바라본다

고도에서

능과 능 사이로 구불구불 길이 나 있고,
고도(古都)의 길들은
능의 간섭을 피하지 못하네.

능의 주인공들은 말이 없지만
능을 구경하러온 사람들은
능의 크고 둥근 그림자에 파묻혀 키가 작아지네.

길 끝에 있는 천마총,
입장료 천오백 원이면 천마총 안의
하늘로 비상하는 천마도(天馬圖),
번쩍이는 금관도 가까이서 볼 수 있었지만

예나 이제나 바닥을 치며 사는 나 같은 평민은
붐비는 능의 도시 고도를 걸으며
고도(孤島)에 붕 떠 있는 것 같았네

크고 둥근 능의 그림자에 자꾸 파묻히며······

육식을 포기함

저 채식주의자
길에 버려진 휴지조각을 씹고 있네
소나무 생껍질도 벗겨 우적우적 씹어 먹네
벗기다 잘 안 벗겨지면 뿔로 냅다 들이받네

깍!
까마귀가 날아 내려 채마밭에 버려진
죽은 쥐를 물고 가도 본 체도 안 하네
때 이른 봄 나비들 날아와
까불까불대도 안중에 없네

그런데 오늘따라
이장네 검은 염소 고삐 풀려 천방지축 달아나네
밭두렁에 구멍 뚫고 사는 들쥐라도
잡을 것처럼 두렁 위로 날아가네

나, 이제 저 채식주의자와 친해보려네
막 달아나는 뿔에 희끗한 웃음 걸고
그냥 가벼웁게 날아보려네 휙휙—

날개
—화가 임윤아에게

삼십 초면 끝낼 인사말을
몇 분이나 더듬었을까
페닐케톤뇨증이라는 희귀 장애를 앓고 있는
스물여섯 젊은 화가, 와주셔서 고맙다는
상투적 인사말보다
찌르르 내 가슴을 후벼파던

　　나의 몸이 유난히 떨리는 것은
　　장애가 아니라
　　날개가 돋기 때문입니다.

문득, 눈시울이 젖었던가
갤러리에 걸린 그림을 보는 둥 마는 둥
물기 맺힌 눈에 어리는
무지갯빛 잔상을 털며 갤러리를 나왔다

붐비는 인사동 길을 걷다가
겨드랑이 속으로 쓱 손을 넣어
없는 날개를
만져보며 중얼댔다

고통이 까뒤집어 보인 속이
날개라니!

귀뚜라미야

변소에 들어가면
귀뚜라미들 울지도 않고
못대가리처럼 벽에 조용히 붙어 있네

볼일을 끝내고
다시 방에 들어와 있으면
금세 귀뚜라미 울음소리 들리지

귀뚜라미야!
귀뚜라미야!

아무도 없는 데서
나도 울고 싶을 때가 있단다
벽에 이마를 짓찧으며
혼자 울고 싶을 때가 있단다

밤길

덜 갖고 더 많이 존재하라,
는 은둔자의 책을 읽다가 밀쳐두고
는개 스멀거리는 밤길을 더듬어 걷네
자동차 불빛에 홀려 뛰어나왔다가
낯선 발소리에 놀라 뛰는 농로 위
개구리들 밟지 않으려 조심조심 걷네
장마 구름 뚫고 겨우 나온 달이
더 갖기 위해 탕진해버린
생의 긴 그림자를 잠시 비춘 뒤
금세 구름 속으로 빛을 감추네
다시 어두워진 농로,
농로 옆에 줄지어 서 길동무하던
꽃잎 오므린 달맞이꽃들도 빛을 감추네
문득, 어느 박물관에서 본
망자와 함께 묻혔던
명기(明器)들이 희미하게 떠오르네
불빛에 홀려 뛰고 또 뛰어도
더 갖기 위해 몸부림쳐도
삶은
망자와 함께 묻힌 소꿉놀이 그릇 같은 것……
탕진해버린 어둠의 세월 돌아보면
아, 명치끝이 아파오네
지척의 장마 구름도 지울 수 없는 씁쓸한 기억들

명기(明記)하는
하루치의 저 어둠을 돌아보면

풍부한 시심(詩心)

저녁 무렵 시를 탈고하고 나서
누군가에게 낭랑한 목소리로 읽어주고 싶은
이 뚱딴지같은 마음은 무엇인가

늦은 밤, 어둑한 마당으로 나가니
은밀한 사생활까지 속속들이 아는
달님이 벌써 큰 귀를 너펄너펄거리고 있었다
나무 상자 속에서 웅크리고 자던
어린 삽사리도 나와 살랑살랑 꼬리를 흔들고 있었다

하지만 나는
선뜻 시를 낭송하지 못하고 머뭇머뭇거렸다
고독의 습(習)에 젖은 창백한 문장이
환한 달님 귀에 맞을까
광기 어린 내 창조의 열정이 천둥소리처럼 울리면
어린 삽사리가 화들짝 놀라지 않을까

조금은 쓸쓸하고 적요한 밤
무대도 조명도 완벽하고
몇 안 되는 청중도 쫑긋 귀를 세우고 있었지만
저 무심한 청중들과 나 사이의
깊은 강을 건너지 못하고 말았다
끝내 풍부한 시심을 낭비하지 못하고 말았다

새벽닭이 울 때까지, 잠들지 못하고 뒤척였다

말썽쟁이 울 엄마

아그그 까꿍, 하면 분홍빛 보조개를 지으며 방긋 웃음 짓
는 아가의 모습을 쏙 빼닮았다

끼니 거르지 않고 꼬박 진지를 챙겨 드시지만 숟가락질이
서툴러서 이불이나 방바닥에 흘리기 일쑤이고

똥오줌을 못 가려 언제 철이 들꼬, 지청구를 듣지만 천진
무구 저 천상의 유희법을 벗어날 뜻은 없으신가보다

울 엄마 아직 요강에 눈 배설물을 마시는 오줌 요법은 모
르시지만

이따금 사방 벽에 빛깔도 찬란한 황금 벽화를 그리시는데
그 화풍은 내 소견에도 매우 전위적이시다

엊그젠 14인치 텔레비전 안테나 줄을 뚝 끊어 잇몸으로
잘근잘근 맛있게 씹고 계셨는데

그 깊은 속내야 다 알 순 없지만 이제 지상의 교신은 두절
하고 천상과 직접 교신하시려나보다

가끔씩 콜콜 코를 골며 주무시다 옹알이하듯 들려주는 교
신 내용을 해독해보면,

천상의 쌀 창고는 늘 비었는지 배가 고픈데 왜 밥을 안 주
냐는 투정이시다 말썽쟁이

울 엄마, 이제 겨우 두 살!

봄 처녀

미수(米壽)가 다 된 어머니가
오늘은 봄 처녀가 되셨다
뒷짐 지고 개울가로 산보 나가셨다가
서너 줌 뜯어온 초록빛 돌나물이
까만 비닐봉지 속에서 수줍은 미소를 짓는다
쇠귀에 경 읽기란 말은
가는귀먹은 어머니에겐 해당되지 않는다
눈까지 침침하다 하시면서
못 보고 못 듣는 게 없으시다
돌나물 뜯다가 마른 풀섶에 놓인
종달새 알 몇 개를 보고
행여 누가 슬쩍해갈까봐
마른풀로 꼭꼭 숨겨주고 오셨단다
잘하셨다고 칭찬해드리니
어린애처럼 배시시 웃으신다
그리고 방으로 들어가 누워
금세 드르릉드르릉 코를 골며 주무신다

은가락지

이슬처럼 몸이 가벼워진 노모를
치매 요양원에 모셨다
집으로 돌아온 나는
당신이 거처하시던 좁은 방구석에서
당신이 끼시던 은가락지를 찾아냈다

언제 누가 당신 손가락에
은가락지를 끼워주었는지 기억에 없다
두 짝의 고리 안팎이 닳아 반질반질하다
슬픔도 닳고 기쁨도 닳아
두 짝 한 고리 흰 실에 챙챙 묶여 있다

맑은 정신 탁 놓으시기 전
어서 죽어야 할 텐데, 하시며
이승과 저승 한 고리로 흰 실에 묶어 끼시던
당신 은가락지, 왜 쑥 빼 던지고 가셨을까

오늘 이슬처럼 가벼운 몸으로 드신
개나리꽃 만발한 정토요양원,
두고 온 노모의 말 없는 음성을 듣는다
이제 난 더이상 묶을 것이 없다고,
짝 없는, 한 고리의 정토에 들었다고

청맹과니

오늘 치매 요양원에 계신 어머니에게 고구마죽 한 그릇 떠 먹여드리고 돌아왔네

돌아가겠다고 말씀드리니— 이 캄캄한 새벽에 어딜 가, 어딜, 왜 가아?

하는 음성이 어머니 머무시던 방 쪽마루까지 따라와 앉네

난 쪽마루 밑에 나뒹구는 흰 고무신을 닦아 마루 끝에 엎어놓고

아궁이 앞에 앉아 종이 상자 속에 첩첩 쌓인 휴지를 태우는데

얼마 전 어머니 이름으로 나온 국회의원 선고 공보가 눈에 밟히네

시각 장애인을 위한 점자형 선거 공보,

난 눈을 질끈 감고 凹凸로 된 그걸 손가락으로 더듬더듬 더듬어보다가 울컥, 불타는 아궁이 속으로 던지네

불이 붙자 환한 불꽃 속에 나타나는 凹凸, 불꽃 저도 투

표권자인 양 이글이글거리는 눈알을 굴리며 읽는 눈치지만 ─

　저나 나나 청맹과니…… 다 읽기도 전에 폭삭! 무너지는
재……

좁은 방, 넓은 들

좁은 방이 이상하게 넓어 보인다.
방 한가운데는
버석거리는 메밀 베개 하나
베개보다 좀 커 보이는 5척 단구의 노모만
웅크려 앉아 계시기 때문일까.
치매 요양원에 입원하신 지 석 달
노모는 손에 잡히는 것이면 뭐든지
다 부수고 갈기갈기 찢어놓는다.
달포 만에 찾아온 내 손을 마주잡고
왜 이렇게 차갑냐며 감싸쥐더니
이내 돌아앉아 고추밭을 매야겠다고 하신다.
엊그제도 김매러 가야 하는데
왜 이렇게 걸리적거리는 게 많으냐며
창문에 쳐진 커튼을 북 뜯어버리고
돌아앉아 밭 매는 시늉을 하다가
헐렁한 바지를 쑥 내리더니
쏴쏴쏴— 오줌을 누고는
기분이 좋은지 헤벌쭉 웃으시더란다.
아하, 알겠다.
좁은 방이 넓어 보이는 까닭을.
노모는 방을 나가지 않고도
없는 연장을 손에 들고
넓은 들을 곧장 펼치셨던 것이다!

티끌의 증언

불의 터널을 지난 뒤 화로(火爐)에 남은
뼈 몇 조각.
오, 그이가 살던 궁전은 어디로?
늘그막엔 초라하게 변했지만
오, 그이가 가꾸던 오두막은 어디로?

저 뼈 몇 조각을,
절구에 곱게 빻은 한 줌 재를
읽으라,
점자를 더듬듯 읽어보라는 것인가
눈멀고
귀먼 세월의 고통조차
존재의 빈 칸으로 확실하게 처리될
저 티끌의 증언을,
부재의 영원한 공식을 되새기라는 것인가

유골함 앞세워
육중한 철문 밀고 나가자
가장 가벼운 것을 거둔 맹목의 하늘이
가장 가벼운 것들을
난분분 난분분 흩날리고 있었다

맨드라미

아래로 핏덩이를 쏟으셨다고, 오후 내내 피 기저귀 수도 없이 갈았다고 연락이 왔다 평소 조금 아프시단 말엔 그냥 무심히 지났는데,
'피' 어쩌구 하는 말 들으며 문득 피가 솟구쳐
어서 응급실로 모셔달라고. 요양원에 부탁하고 시립병원 응급실로 달려갔다

밤 아홉시, 응급실 앞뜰은 대낮처럼 환하다
앞뜰의 꽃밭 가장자리 온몸으로 피 쏟은 맨드라미, 마른 땅을 딛고 섰는 발등까지 철철 피 흘러 낭자하다
잠시 후 간호사 팔에 안겨, 바짝 말라 한 줌밖에 안 되는, 핏기 없는 창백한 어머니 맨드라미 뜰을 지나, 응급실로

뒤따라 들어가 링거 꼽고 응급 처치하는 걸 보고 나와 여직 피 흘리고 섰는 맨드라미 꽃밭 위
캄캄 하늘 보며 불효자답게 빈다 이제 그만 당신 본향으로 돌아가셔요 눈멀고 귀먹고 정신줄마저 놓아버린 삼중고(三重苦)의 어머니

더 쏟아놓을 것도 없으시잖아요 지상을 벌겋게 물들이는 일은 저 증손녀뻘 맨드라미 낭자에게 맡기시구요 이제
가볍게 가벼웁게 승천하세요 정 뭘 더 물들이고 싶으시면, 젊은 날 그토록 그리워하시던 저 서방 정토나 물들이세

요 버얼겋게—

수목장

이팝나무 여인숙은 북망 가는 길에 있네
새장만한 방이 이팝나무 둘레에
삥 둘러 열두 칸,
빛 한 오라기 들지 않는 지하에 있다네

이팝나무 여인숙에 짐을 풀려면
삼십 년 선불 숙박료를 지불해야 하고
짐을 푼 뒤에는
동면에 든 곰처럼 쿨쿨 잠을 자야 한다네
물론 아무도 보지 않는 캄캄한 밤이면
슬그머니 방에서 빠져나와
천지사방 몽유(夢遊)할 수는 있네

꽃을 향해 붕붕거리며 날아드는 벌나비 외에는
아무도 제 발로 걸어와 숙박을 청하지 않는
이팝나무 여인숙,
평생 가난과 고독의 악보에서
숨죽인 비명의 가락을 꺼내 불던 누이는
후드득 쏟아지는
흰 밥알 같은 꽃잎에 한 줌 재를 섞어 비빈
주먹밥으로 입주했다네

이제, 앞서거니 뒤서거니

적멸에 든 동숙자들과 함께   —
이따금 불면으로 뒤척이기도 할 누이는
달 뜨는 밤을 기다리겠네
휘영청 밝은 달빛 아래 혼불처럼 타오를
이팝나무 꽃 모닥불
그 주위로 삥 둘러서서
없는 손에 없는 손잡고 빙글빙글 돌며
춤을 추겠네 강강술래 강강수월래……

4부

재활용

오후 산책길에
허름한 농가 앞을 지나는데
검은 폐타이어 속의
꽃단풍이
걸음을 멈추게 했다
햐!
달리던 바퀴가 멈춰
화분이 되었구나
(재활용하려면
저 정도는 돼야!)
빨갛게 잘 익어
화분 가득
우주의 희열이구나

지금 이 순간을

꿈에, 바다거북을 보았다
지금은 멸종해버린
바다거북이
파도 위로 둥실 떠올라
모래 해변 위로 엉금엉금 기어오더니
하얀 알을 쏟아냈다
헤아릴 수 없을 만큼
무수한 알이 쏟아졌다
그리고 놀랍게도
바다거북이 나에게 말을 붙였다
지금 이 순간을
카메라로 찍어달라고……
지금 이 순간을
멸종시키지 말고 찍어달라고……
너무 바빠서 난
찍을 수 없다고 했더니
그러지 말라고……
지금 이 순간을 찍어달라고……

밭고랑 구름

굽이치는 치악산 능선 위에 펼쳐져 있는
황톳빛 밭고랑 구름,
하늘에도 하늘소[天牛]를 치는 농부가 있어
구름밭을 저리 갈아놓은 것일까.

이른 새벽 쇠죽을 끓이면서 하루를 열던
아버지의 농업,
은빛 쟁기가 갈아엎어놓은 밭고랑 위로
힘찬 소의 콧김은 피어오르고,
버쩍 말라붙은 똥 묻은 소 엉덩이를 후려치며 뒤따르던
아버지의
구릿빛 팔뚝과 종아리,
금방 찍어낸 흙벽돌처럼 탱탱하던
농자천하지대본(農者天下之大本)의 호시절이 있었지.

하지만
씩씩대던 소의 콧김도
밭 갈고 난 뒤 더
번쩍거리던 쟁기날도
휘날리던 농자천하지대본의 깃발도
퀴퀴한 농업박물관으로 모두 들어가버리고,
마침 오늘은
돌아가신 아버지의 40주기

피땀 흘려 거둔 결실에
상표를 붙이지 않던 순박한 농부가 그리운 이즈음,

아버지는
정말 하늘 농부라도 되신 것일까
아니면, 뉘 집 하늘소가 구름밭을 간 것일까
이글거리는 저녁 해를 받으며
능선 위에 펼쳐져 있는 황톳빛 밭고랑구름……

호젓한 밤과 이별하는 방식에 대해
―묵언 일기

홀로 밤길을 걷는다
오랜만이다
밤의 길잡이인 양 떠오른
그믐달의 손을 잡고
호젓하게 걷는다
오랜만이다
잠깐 함께 걷다 사라진 그믐달은
이레째 된
내 묵언의 입술을 닮았다
요즘 들어 꿈길에
자주 짐을 꾸리는
내 검은 가방의 지퍼를 닮았다
거대한 짐승의 등짝처럼 생긴
산모롱이에서
발길을 돌려 내려오는데
이번엔
조등(弔燈) 같은 조고만 별들이 손을 내민다
그 손 마주잡고 내려오며
그믐달도 사라진 밤
내가 써야 할 유서에 대해 생각한다
슬픔도 기쁨도 여윈
길도 흉도 여윈
호젓한 밤과

이별하는 방식에 대해 생각한다   —

돈, 요놈!

돈의 영어 글자 머니(money)를 거꾸로 쓰면

예놈(yenom)이 되지

예놈, 예이놈, 하고 부르다가 성에 안 차 요놈!이라 부르지

천하를 제패한 왕으로 돈이 군림하는 시절에

요놈! 하고 부르면 감히 모반이 되겠지만

잠시 간뎅이가 부어 요놈! 하고 놈의 귀싸대기를 후려치면

유쾌 통쾌하기도 하다네

허나 놈의 귀싸대기를 갈기고 나선 늘 후회하지

놈의 배경엔 요놈을 지 서방보다 더 아끼는,

아니 요놈을 죽서방처럼 늘 끼고 사는

왕보다 무서운 마누라가 떡 버티고 있으니까

하, 존심이 상하지만 어쩌겠어

엎드려 싹싹 빌지

그렇게 빌면 간뎅이가 부어 요놈! 요놈! 하던 내 허장성
세를

너그러이 용서해주지

꼭 이 말을 덧붙여서

명색이 시인이니까 시인이니까 봐준다잉―

야크
—라다크 시편 1

이 높은
공기도 희박한
고원까지 와서
살아 어슬렁거리는 야크는 못 보고
박제된 야크만 보고 가는 것은 무척 아쉬운 일

개발로
온난화로
뜯어먹을 초지가 사라져
멸종 위기에 처해 있다고 하더라만

설사 야크가 어느 골짜기에
어슬렁거리고 있다 한들
그 모습을 보여주겠어?

살생의 에너지로
가득한
공생을 포기한 인간에게?

보리밭에서
—라다크 시편 2

다 자란 보리가, 딱 한 뼘이었다

한 뼘의 생에도 다닥다닥 매달린 황금빛 이삭들이 고개를 숙이고 있었다

아니, 오지의 생에 맺힌 그렁그렁 빛나는 눈물들이 고개를 숙이고 있었다

그 모습 마치 극한의 결핍을 풍요로 바꾼 제 몸이 기특해, 제 몸에게 절을 하고 있는 것 같았다

추수의 낫을 들고 다가서는 지구의 늙은 농부들 또한 몸을 낮춰 꾸벅꾸벅 절을 할 때

황금빛 눈물 그렁그렁한 눈으로 마중하는 한 뼘 모성이여!

똥 탑
—라다크 시편 3

이곳 건축의 묘미는
지붕마다 똥 탑을 쌓는다는 것
소똥 말똥 야크똥을 쌓아놓은
똥 탑이 산처럼 솟구쳐 있다는 것

숱한 티베트 사원을 순례했지만
진심으로 경배를 바친 것은
(내 불경을 용서하시라!)
똥 탑 아래 섰을 때뿐이었지

그렇게 똥 탑을 우러르고 우러른 건
혹한에서 생명을 구할
연료!
라는 생각 때문이었네
이 땅에 부처님의 사리가 있다면
똥 탑 속에나 있을 것이네

내 말이 믿어지지 않는다면
똥 탑을 허물어 거기 불을 지펴보게나
영롱한 사리가 나오리니!

마근 스님

충청도 당진이 고향인 내 친구 마근(馬根) 스님이 어느 불자들 모임에 참석했는데, 갑자기 한말씀해달라는 부탁을 받고 난감하여 머리만 긁적이다가 퍼뜩 자기 이름 생각이 나 이죽이죽 말머리를 열었다. 나 봐유! 여기덜 보시유! 뒈졌다가 살아나넝게 멍가 아슈? 스님의 느닷없는 질문에 좌중은 쥐죽은듯 조용하기만 했다. 아 것도 모르슈? 좆 아녀유? 좆! 사람들이 다 죽는다고 배꼽을 잡고 웃어젖혔다. 스님은 한술 더 떠…… 내가 바루 부처님 좆 아니겠어유? 허허, 나는 날마두 죽고 날마두 살지유!

요강

시골살이
전통 한옥에 사는 맛
다시 요강을 쓴다는 거야
거기
몸의 것들을 쏟아내고
쏟아진
내 몸냄새도 콩콩 맡아보고
무엇보다
거기
물거울에 비친
유년의 얼굴
천진을 볼 수 있다는 거야
출렁이는 주름살도
흰머리칼도 없는
천진 동안을 보며
후훗, 웃을 수 있다는 거야
거기
북적북적
피어오르는
거품을 마시지는 않지만
(난 오줌 요법을 신뢰하지 않으니까)
그 풍성한 거품을 보며
삶이 한없이 가벼워진다는 거야

(요강을 쓰고부터
꿈길도 가벼워졌어)
먼동이 트면
찰랑찰랑거리는 요강을
신주처럼 모시고
먼저 텃밭으로 나가지
푸성귀에 매달린
이슬들
영롱한 아침에
거름을 주러 말이야

그 식당 옆 와송

그 식당에 가면
창가에 아름드리 소나무 한 그루 와불(臥佛)처럼 누워 있지
현대식 공양간에서 나오는 식판에
밥과 국과 반찬 몇 가지를 받아 식탁에 앉으면
파릇파릇한 우듬지를 까딱이며
소나무는 내 소박한 식사를 간섭하지
끼니 자주 거르는 내게 끼니 거르지 말라고
밥 한 그릇에 삼라만상이 담겨 있다고
마치 지가 생불이기나 한 듯 설법을 하네
우듬지 위를 날던 새들
붕붕거리는 벌과 나비들도
한두 마디씩 생불의 설법을 거들고 가는데
흐벅지게 봄눈 내리는 오늘 점심엔
흰 눈발까지 얹어줘 고봉의 식사를 하였네
그리고 내가 꼿꼿이 앉아 식사를 마치기까지
영원한 안식의 포즈로 누워 있으면서
파릇파릇한 우듬지를 까닥이며
쉼을 자꾸 거르는 내게 쉼을 거르지 말라고
쉼표에 하늘땅이 다 담겨 있다고 설법을 하네
식사 끝내고 나와
봄눈 내리는 길을 걷다가 돌아보면
봄눈에 파묻혀 식당 옆 와송(臥松)은 보이지 않지만

가묘

백발이 성성한 박씨 노인은
낫을 들고 자기네 집 앞에 있는 무덤가의 풀을 베다
막 산에서 내려오던 나를 붙잡더니
뗏장이 푸르러지는 묘를 자랑한다

죽으면
당신이 묻힐 가묘(假墓)라고

자랑할 게 없어
장차 이루게 될 공(空)을 자랑하다니
허허롭게 숭숭 뚫린
마음 구멍이 극진한 꽃자리라니

예리한 낫날에
쓱쓱 베어진 잡풀에서 풍겨나는
풀 비린내가
오늘따라
더없이 향긋하였다

상쾌해진 뒤에 길을 떠나라

그대가 불행의 기억에 사로잡혀 있을 때,
그대의 삶이
타인에 대한 불평과 원망으로 가득할 때,
아직 길을 떠나지 말라

그대의 존재가
이루지 못한 욕망의 진흙탕일 때,
불면으로 잠 못 이루는
그대의 밤이 사랑의 그믐일 때,
아직 길을 떠나지 말라

쓰디쓴 기억에서 벗어나
까닭 없는 기쁨이 속에서 샘솟을 때,
불평과 원망이 마른풀처럼 잠들었을 때,
신발 끈을 매고
길 떠날 준비를 하라

생에 대한 온갖 바람이 바람인 듯 사라지고
욕망을 여읜 순결한 사랑이
아침노을처럼 곱게 피어오를 때,

단 한 벌의 신발과 지팡이만 지니고도
새처럼 몸이 가벼울 때,

맑은 하늘이 내리시는
상쾌한 기운이 그대의 온몸을 감쌀 때,

그대, 그대의 길을 떠나라

제야(除夜)

기억의 집이 불타기 전

기억의 짐에서 자유로워지게 하소서

연민 사이로 새어나오는 울음과 웃음

― 하루의 시학 : 어느 가난하고 유쾌한 목회자의 단순하고 촌스러운 시쓰기

최창근(극작가 · 시인)

아버지의 등불

손때 묻은 아버지의 구리거울을 말갛게 닦아 들여다보고 있노라면, 칠흑 같은 밤길을 더듬으며 깜박이는 등불을 켜들고 마주 다가오시는 아버지의 영상이 황홀한 일몰 뒤의 개밥바라기처럼 문득 나타났다 사라집니다 깨어나고자 애써도 깨어나지 못하는 가위눌린 꿈속의 일순처럼 안타까움으로 아버지의 영상이 다시 나타나기를 기다려보지만, 거울 속엔 어두운 숲속 올빼미의 두 눈알뿐입니다.

아버지, 차라리 저 퀭한 두 눈알을 뽑아주세요 지울래야 지울 수 없는 깊은 흉터처럼 제 속에 깃든 아버지의 등불을 켜들고 어두운 숲속 이 긴 유형의 동굴을 걸어 나갈 수 있도록!

-「등불」 전문(첫 시집 『지금 남은 자들의 골짜기엔』)

대학 시절, 자칭 고독한 이방인이라 불리길 바라던 몇몇 허무주의자들이 모여 이 세상에 숨어 있는 좋은 시를 찾아 은밀하게 읽어가던 아주 이상한 모임이 하나 있었다. 그 시절 우리의 마음을 사로잡은 가장 인기 있는 시인은 김종삼이었다. 박남수와 이형기의 근황을 궁금해했었고 강인한이나 김옥영, 조원규라는 이름을 가진 시인이 실제로 존재하는지도 토론의 대상이었다. 신대철의 『무인도를 위하여』

와 이연주의 『매음녀가 있는 밤의 시장』, 임동확의 『매장시편』, 허수경의 『혼자 가는 먼 집』을 소리 내어 낭독하며 진저리를 쳤었고 소수의 문학청년들과 열혈 독자를 제외하고는 잘 알지 못하는 양애경의 『불이 있는 몇 개의 풍경』이나 정화진의 『장마는 아이들을 눈뜨게 하고』, 조윤희의 『모서리의 사랑』 같은 시집에 호기심 어린 눈길을 보내던 시절이었다.

그런 시절이 있었다. 친구를 만나러 약속 장소에 나갔다가 갑자기 급한 일이 생겨 늦게 나오게 된 그를 기다리며 서성거리던 어느 책방의 한 귀퉁이에서 우연히 보게 된 좋은 시 한 편 때문에 그날 하루 그 시에 취해 온종일 가슴 두근거리던 그런 때가 있었다. 그때 나는 얼마나 행복하였던가, 또 그 꿈의 시간들로부터 우리는 얼마나 멀리 흘러와버렸는가. 고진하의 첫 시집을 발견한 것도 그 무렵이 아니었을까. 그 시집에 실려 있던 「등불」이라는 시를 읽으며 이 시는 문학에 눈밝은 그 누군가가 정신분석학적으로 섬세하게 해석해주면 좋겠다는 엉뚱한 생각을 품은 것도 아마 그맘때쯤이었으리라.

이 세상에 좋은 시는 많다. 좋은 시를 쓰는 좋은 시인들은 더 많다. 그러나 그 좋은 시를 쓰는 좋은 시인들은 대개 너무나 많이 밖으로 드러나 있다. 그중의 이떤 시인들은 스스로 상품이 되어 자신을 공격적으로 홍보하고 연예인처럼 그의 삶을 허위로 디자인한다. 자본이 곧 법인 시대에 시가

115

살아남지 않으면 마치 무슨 큰일이라도 생기는 듯 비평가들도 그런 시를 과장되게 미화하는 경향이 짙다. 그러니까 더 이상 숨어 있는 시, 이면의 언어로 말하는 시는 참으로 드물다고 해야 할까. 문단의 일정한 주목 없이 묵묵하게 한 우물을 파며 제 길을 가는 시인도 좀처럼 찾아보기 힘들어졌다고 해야 할까. 그런 시대가 됐다. 그렇게 어떤 신념이나 믿음과는 거리가 먼 시대가 왔다.

　해방 후 한국 시의 역사를 일별할 때 시가 인식의 영역으로 확장된 이래 자신의 첫 시집으로 이미 일가를 이룬 대표적인 시인들이 있다. 1960년대와 1970년대에는 신경림의『농무』와 강은교의『허무집』이 있었다. 1980년대로 접어들면 박남철의『지상의 인간』과 이성복의『뒹구는 돌은 언제 잠깨는가』, 최승자의『이 시대의 사랑』혹은 김용택의『섬진강』과 곽재구의『사평역에서』, 최승호의『대설주의보』등을 거론할 수 있을 것이다. 이문재의『내 젖은 구두 벗어 해에게 보여줄 때』와 김영승의『반성』, 송찬호의『흙은 사각형의 기억을 갖고 있다』와 기형도의『입 속의 검은 잎』은 1980년대에서 1990년대로 건너가는 길목에서 나온 아주 중요한 시집이다. 1990년대에는 김중식의『황금빛 모서리』와 진이정의『거꾸로 선 꿈을 위하여』같은 못다 핀 청춘의 노작들이 존재했었다. 김행숙의『사춘기』와 정재학의『어머니가 촛불로밥을 지으신다』같은 시집들은 20세기에서 21세기로 건너올 때 한 시대의 끝과 시작을 알려주는 징후와 같은 역할을

한 것으로 그 목록에 들어갈 것이다. 각기 저마다의 자리에서 고유하게 빛나는 시의 성채를 쌓은 시인들, 그 소박하고 조촐한 만찬의 자리 한편에 고진하의 『지금 남은 자들의 골짜기엔』이 은은하게 놓여 있다고 하면 어떨까.

고진하의 첫 시집에 실려 있는 「등불」을 비롯해서 「빈 들」 「지금 남은 자들의 골짜기엔」 「불면의 여름」 「누워 있는 마을」 「사마귀」 「단식」 「가을산」 등의 시들을 들여다보면 시집 뒤에 해설을 붙인 문학평론가이자 중문학자인 성민엽이 시인의 시 세계를 가리켜 '견성(見性)의 시학'으로 명명한 까닭을 알 법도 하다. 특히 그의 시에서 독자들이 다음과 같은 구절을 부지불식간에 마주칠 때 시인이 생각하는 견딤과 참음이 무엇인지가 확연하게 도드라진다.

이젠 그 무슨 이정표 노릇도 못하는 외눈박이 목장승, 썩어 나자빠진 나무등걸에 불과한 목장승 (……) 나는 오오랜 습관의 면벽, 그 잘난 견성에 집착해온 이글이글한 눈의 불꽃을 벌레 잡듯 눌러 껐다
　　　　　　　　　　　　　　　　　　　—「불면의 여름」 부분

마음으론 하루에도 열두 번씩 짐을 꾸렸다 (……) 무서리 내린 늦가을 아침 채마밭 휘늘어진 무청처럼 누워 있는 마을 (……) 입안에서 징그럽게 꿈틀대는 긴 거위를 토해낸 창백한 낯빛의 계집애 (……) 빈 산 빈 들 빈 나뭇가지

(……) 불 꺼진 화덕 같은 마음들

  —「누워 있는 마을」 부분

  그녀의 신성은 먹이를 얻기 위한 덫

  —「사마귀」 부분

  구멍 난 생의 호주머니 (……) 끝내 가는귀 먹은 척 뒤
도 안 돌아보고 말았습니다

  —「가을산」 부분

  시인이 객관적인 관찰자의 입장에서 거리를 두고 바라보
는 자신은 필연적으로 자신에 대한 반성과 성찰을 전제로
한다. 반성과 성찰이 내재된 되돌아보는 삶은 반드시 실존
적이고 종교적인 사유로 귀결되고 거기엔 남들이 알지 못하
는 자기만의 비애와 슬픔의 자취가 남아 있기 마련이다. "자
기만의 고독한 방이 없는 사람은 얼마나 비참한가! 누구나
내면 깊숙한 곳에 자기만의 작업장을 간직하고 있어서 언제
든 마음대로 그곳에 들어가 자유와 고독의 성을 지을 수 있
어야 한다"고 했던 이는 에세이의 대가 몽테뉴였다.
  고요한 혁명을 꿈꾸는 하루를 통해 일상적인 것에서 신성
을 발견하는 그의 시는 여덟번째가 되는 이번 시집에서도 여
일하다. 「고로쇠나무 우물」과 「움직이는 사원」 「밤길」 「재활
용」 「그 식당 옆 와송」 같은 시들을 보라. 그리고 종교적이고

실존적인 그림자를 거느린 시인의 몸에서만 터져나올 수 있
는 너무나 아름다운 「향기 수업」이나 「풍부한 시심(詩心)」
같은 절창들을 보라.

  그의 시는 이제 집을 터전으로 자신에서 가족과 이웃으
로, 그리고 세계로 자유롭고 활달하게 시선이 확장된다. 그
러한 시선의 확장은 단순히 시의 화자가 품는 공간이 넓어
지는 게 아니라 인식 자체가 커지고 깊어짐을 뜻하는 것이
리라. 파블로 네루다가 그의 시 「우리는 질문하다가 사라진
다」에서 "우리가 아는 것은 한 줌 먼지만도 못하고 짐작하
는 것만이 산더미 같다. 그토록 열심히 배우건만 우리는 단
지 질문하다 사라질 뿐"이라고 고백했던 것처럼 혹은 오르
한 파묵이 자신의 소설 『새로운 인생』에서 "나는 밤마다 새
벽까지 책을 읽었다. 눈이 아파오고 온몸의 힘이 빠질 때까
지, 책을 읽다보면, 때때로 책이 내 얼굴로 뿜어내는 빛이
너무나 강렬하고 현란해서, 나의 영혼과 책상 앞에 앉아 있
는 몸이 녹아 없어지고, 나를 나로 만들어주는 모든 것이 책
이 뿜어내는 빛과 함께 없어지는 것 같다는 생각이 들곤 했
다. 그럴 때면, 나는 그 빛이 나를 삼키면서 점점 더 팽창해
가는 것을 상상했다"고 털어놓았던 것처럼.

  "무대에 설 때 결코 자기 자신을 잃지 않도록 해라. 무대
에서 자신을 잃는 순간, 진실한 배역의 생활과는 멀어지고
그때부터 과장된 거짓 연기가 시작되는 것이다." 연출가이
자 배우이며 위대한 연극 교육자로서 현대적인 배우 연기술

의 체계를 세워 20세기 이후 연극 예술에 큰 혁신을 가져온 콘스탄틴 스타니슬랍스키가 남긴 이 말은 고진하의 시와 삶을 거론할 때도 그대로 적용된다고 하겠다. 실험적인 연극론과 연기론으로 20세기 가장 영향력 있는 연극인 중 한 사람으로 일컬어지는 예지 그로토프스키가 주창한 '가난한 연극'은 필수적이지 않은 조형미술적인 요소나 기술적 요소를 배제하고 오로지 살아 있는 배우의 존재를 통해 관객과의 만남을 추구하는 연극이다. 그로토프스키의 말을 빌리자면 그 순간의 생생함을 투명한 상태의 몸을 통해 온전히 구현하고 있는 고진하의 시야말로 '가난한 시'이다.

순수한 기억(들)

오늘 아침도, 문득 눈떴을 때 우리집이라 부를 집이 갖고 싶어져 세수하는 동안에도 그 일만 공연스레 생각했지만 일터에서 하루 일을 마치고 돌아와 저녁 후 차 한잔 마시며, 담배를 피우노라면 보랏빛 연기처럼 자욱한 그리움 하염없이 또 집 생각만 마음에 떠오른다.
　　　　　　　　　　　—이시카와 타쿠보쿠(1886~1912)

집에 관한 고전적인 단상들 예를 들어 예지적인 시인이자 과학철학자였던 가스통 바슐라르가 그의 저서 『공간의

시학』에서 "새집으로 옮긴 뒤 예전에 살던 집에 대한 추억
이 다시 찾아올 때, 우리들은 기억에서 벗어난 모든 과거
가 그렇듯이 완전히 정지된 어린 시절로 되돌아간다"고 했
듯이 "고향을 그리워하는 것이 곧 타향을 그리워하는 것인
지 잘 모르겠지만 돌이켜보면, 그 두 가지 마음이 결국 같
은 지점을 바라보고 있다고 생각해요. 즐거운 마음으로 집
에 돌아오기도 하지만, 또 즐거운 마음으로 집을 떠나기 때
문이죠"라고 한 것은 지금은 작고한 춤-연극의 창시자 피
나 바우쉬였다.

  고진하의 이번 시집에서 단연 괄목할 만한 것은 그가 손을
쓰고 발을 디딘 오래되고 익숙한 공간, 이제 그에게는 친밀
한 장소가 된 집에 깊숙하게 천착하고 있다는 사실일 터이
다. 현상학의 개념이 객관의 본질을 진실로 포착하려는 데
에 사고의 중심을 두는 '순수한 기억'에 기초하는 것이라면
고진하는 단연 현상학자의 엄밀하고 보편적인 시선으로 자
신과 가족이 기거하는 집인 전통 한옥 불편당(不便堂)을 그
러한 기억의 저장소로 예민하게 포착하고 있다. 이를테면
시인의 집에 대한 애착이나 탐구에 '집의 현상학'이라는 이
름을 붙일 수도 있지 않을까.

  레벤스벨트 곧 '생활세계(lebenswelt)'란 인간이 직접적
으로 경험하는 세계를 뜻한다. 현상학에서 생활세계는 인
식 주체에 의해 실제로 조직되고 경험되는 신변의 세계이자
개인이 주관적으로 이해하고 있는 의식의 역사를 구성하는

경험 패턴들의 모체이다. 현상학의 시조에 해당하는 후설의 말을 빌리자면 "체험하는 존재로서의 사람이 스스로 움직이는 역사적인 장(場)"인 셈이다.

시집 곳곳에 시적 갱신의 의지가 담겨 있어 마치 첫 시집의 치열한 시적 성취를 떠올리게 하는 고진하의 여섯번째 시집 『거룩한 낭비』에 실려 있는 대표적인 시 「허수아비」는 이렇게 시작해서 끝을 맺는다.

> 어두운 논두렁가에 서 있는
> 흰 헬멧을 쓴 허수아비들을 보고 돌아섰습니다
> 그까짓 없는 유령이 두려워서였겠습니까
> 까닭 없이 저무는 가을이 허전해서였겠습니까
> 집 앞까지 와 돌담 너머로
> 집안을 우두커니 들여다보는데
> 유령의 집은 아니었습니다 불빛 희미한 창문
> 아픈 노모의 구부러진 그림자가 어른거렸습니다

「허수아비」에서도 잘 나타나 있듯이 이번 시집에 실려 있는 「대문」 「봄의 첫 문장」 「봄의 우울」 「뒷간」 「요강」 「무청」 등의 시들을 읽어가노라면 시인이 자신의 생활세계, 라이프 월드(Life World)에 굳건하게 뿌리를 내리고 있음을 알게 된다. '날마다 좋은 날'이라는 이름이 붙어 있는 시인이 손수 만든 우편함이 걸린 대문을 밀고 안으로 들어서면 마당이 나오고 그 마당엔 햇볕을 받아 반짝거리는 장독대와 옛 날에나 썼을 법한 펌프가 놓여 있고 빨랫줄이 마당을 가로 지른다. 툇마루로 올라가는 한쪽 구석에 '복동이'라 불리는 삽살개가 누워 있다. 뒤란은 온갖 벌레와 풀과 화려한 색감 을 뿜내는 꽃들의 천국이다.

이를테면 「대문」에서 "백년이 훨씬 넘었다는 폐가에 가까 운 한옥"의 '젊디젊은 솟을대문'을 열고 "백년이 지나도 썩 지 않을/대문장을 휘갈"기기를 꿈꾸는 "문장을 짓는 사람"과 「봄의 첫 문장」에서 "아궁이의 불을 지피고/ 개똥 무더기 치 우고 나서/ 혹한에 얼어죽을까 염려되어/ 겨우내 감싸둔/ 어 린 감나무의 짚 붕대를 풀어주"는 사람 그리고 「봄의 우울」에 서 오지 않는 봄의 전령을 기다리는 "산책자"는 어쩐지 닮아 있지 않은가.

이제 집을 배경 삼아 유유자적하게 어슬렁거리는 그는 "슬픔의 독을 덜어내기 위해" 뒷간에 가서 "하늘로 향한 창밖 총총한 별들 바라보며/ 별들의 희열을 탁본하기도 하고/ 별들이 읊어주는 시를 베껴오기도 한다"(「뒷간」). "몸의 것들을 쏟아내고/ 쏟아진/ 내 몸냄새도 킁킁 맡아 보고/ 무엇보다/ 거기/ 물거울에 비친/ 유년의 얼굴/ 천 진을" 보기도 하면서 "먼동이 트면/ 찰랑찰랑거리는 요강 을/ 신주처럼 모시고/ 먼저 텃밭으로 나가" "영롱한 아침 에/ 거름을 주"기도 한다(「요강」). 때로는 "시래기 된장 국 끓는 냄새가/ 집 밖까지 술술 새어나오는 아침/ 여직 장독대에 쌓인 눈과/ 이마에 얹히는 햇귀와/ 함께 식탁에 앉을 생각에 행복해하면서도/ 어떻게 무청처럼 영양가 높은/ 청청한 사람이 될까/ 하는 생각으로 골똘해"지기도 한다(「무청」).

  '집'이라는 공간은 그곳에 살았던 많은 사람들의 온갖 목소리들과 냄새로 버무려진 추억을 간직하고 있는 보금자리이다. 인간의 생애는 그 집에서 태어나 자라고 꿈을 꾸고 사랑을 하며 어디론가 떠났다가 다시 돌아오고 결국 나이를 먹고 성숙해지면서 완성되어가는 것이리라. 그러니까 누군가 머물렀다 간 자취나 흔적은 사라지는 것이 아니라 집이 존재하는 한 거기 그대로 남아 있다. 이 세상의 가장자리에서 숨을 쉬고 있는 한 채의 집. 춥고 쓸쓸하고 가난한 영혼들이 모여 사는 아늑하고 작은 집.

  한 항아리의 홍주(紅酒)에 한 수의 노래가 있고 그 위에 목숨 이을 양식만 있다면 사랑하는 사람과 함께 비록 누옥(陋屋)에 살지라도 마음은 왕후(王侯)의 영광보다 즐겁겠다고 한 것은 이슬람의 수학자이자 천문학자이고 시인이었던 오마르 하이얌이었고 군자에게는 누추한 방도 천상의 세계와도 같은 것이라고 했던 것은 『누실명(陋室銘)』을 남긴 조선의 문인이자 학자였던 허균이었다. 목사이자 시인인 고진하에게도 마음과 몸이 편한 그곳이 바로 집이다.

  먹어야 할 시란 일상적인 우리들의 식사에서 맛보는 것처럼 두 발을 땅바닥에 붙이고 노래하는 시로 실제의 인생

과 조금의 틈도 없는 마음으로 노래하는 시라고 강조한 일
본 명치 시대의 한 시인처럼 집은 생의 구석이자 중심이고
미래의 이야기이며 통과의례가 거쳐가는 정거장이다. 또한
자신의 몸을 부리는 배움터이자 자연의 빛과 그늘을 거느린
미술관이고 켜켜이 쌓아가는 시간의 역사이다. '불편한 집
에 살면서 생명의 강인함을 배우겠다'는 의미로 당호를 불
편당으로 삼은 시인은 자연의 오묘한 빛깔과 리듬이 찰랑
거리는 그 집에서 행복한 주인이 되어 느림의 삶을 꿈꾸고
실천한다.

고백의 시간

> 풍경은 그 자체로 아름다운 것이 아니라 오로지 나를
> 통해서, 나의 개인적인 시선과 내가 그 풍경에 부과하는
> 관념과 감정을 통해서만 아름다운 것이다.
> ─샤를 보들레르(1821~1867)

고고학은 선사 시대와 같은 오래된 인류의 유적을 연구하
여 당시의 문화를 규명하는 작업으로 물질과 동식물, 인류가
지난 시대에 남긴 흔적을 찾아내고 이들의 '말없는 역사'를
밝히는 학문이다. 그런데 일찍이 구조주의 인류학자들이 가
리키듯이 친족관계(kinship)의 구조는 보편적인 인간 심리의

패턴 내지 인간 정신의 논리적 구조와 일치하는 체계를 갖추고 있다. 고진하의 시에 등장하는 가족의 관계는 고고인류학자들의 견해에 따르자면 그들이 주로 머물던 장소인 집을 중심으로 인드라의 그물망처럼 얽혀 있다.

그의 다음 시적 행보를 주목하게 만들었던 첫번째 시집 『지금 남은 자들의 골짜기엔』에 실려 있는 「석양의 수수밭에서」에서는 거부할 수 없는 운명과 같은 늙은 아비의 목쉰 음성이 들려온다. "아들아, 여기가 네가 견뎌야 할 빈 들이란다". 그런가 하면 첫 시집에 수록돼 있는 또 한 편의 시 「유년의 새」에 등장하는 생인손 앓던 유년의 기억 속 아버지는 "곪기 시작한 상처는 빨리 곪게 하여 터뜨려야 한다"거나 "어린 네 가슴에 참을 인 자가 깊이 아로새겨지는 밤이로구나"라고 호명하면서 "내일 아침이면 다 나을 테니 꾹 참고 자거라"라고 단호히 말씀하시는 아버지이다.

무섭고 엄격한 아버지에 대한 기억을 품고 있던 아들은 이번 시집의 「밭고랑구름」에 오면 아버지의 40주기를 맞아 하늘소(天牛)를 치는 농부로 변신해 있다. 그리고 "이른 새벽 쇠죽을 끓이면서 하루를 열던/ 아버지의 농업"으로 시작해서 "은빛 쟁기가 갈아 엎어놓은 밭고랑 위로/ 힘찬 소의 콧김은 피어오르고,/ 버쩍 말라붙은 똥 묻은 소 엉덩이를 후려치며 뒤따르던/ 아버지의 구릿빛 팔뚝과 종아리./ 금방 찍어낸 흙벽돌처럼 탱탱하던 농자천하지대본(農者天下之大本)의 호시절"과 같은 구체적인 장면의 풍경 묘사가

이어진다. 이것은 이른바 시인이 서러운 그리움처럼 간직하고 있는 아버지의 초상에 대한 총체, 아버지에 대한 전언이라 할 수 있지 않을까.

그 어린 아들이 성장해서 한 여자를 만나 다시 결혼을 하고 가정을 꾸민 후 또다른 아버지로 태어난다면 그 옛날 자신의 분신과도 같은 하나뿐인 어린 딸이 "아빠, 박쥐가 나타났어 얼른 와 무서워"(「박쥐」)라고 호출했을 때 기꺼이 달려가 박쥐를 때려잡는 아버지가 기어이 되고야 말 것은 아주 자명한 일이지 않겠는가. 그러하기에 "한밤중 혈압이 갑자기 뚝 떨어져/ 병원 응급실로 실려간 딸"(「달의 걸음걸이」)을 걱정하는 아버지는 먼 옛날 썩은 새의 둥지에서 참새를 꺼내던 아버지의 현현(顯現)이다.

딸에 대한 아버지의 위치는 아내로 옮아가면 바로 남편의 역할로 바뀐다. 「첫 불」에서는 "불길이 빨려들어가는/ 불의 자궁 속을 한참 들여다보다가" 첫날밤 신혼의 뜨거움을 떠올리고, 「내 귀에 복면을 씌우고」에서는 아내가 들려주는 "마른 쌀 붇는" 들릴 듯 말 듯 "세미한 소리"를 "첫아이 임신했을 때 아내 뱃속에서 들릴 듯 말 듯 들리던 태동"과 연결시킨다. 부엌에 쪼그려 앉아 도란도란거리는 부부지간인 한 남자와 한 여자의 대화가 정겨울 수밖에 없는 이유이다. "안 들려요? 안 들려. 안 들린단 말에요? 안 들려…… 아, 아, 들려, 조금씩 들려…… 짜글짜글…… 뽀글뽀글…… 무려 30년이 넘도록 쌀을 불렸지만 처음 들어본다는 그 소리……"

 그러나 무엇보다 이번 시집에서 시인이 가족 구성원 중 가장 큰 애착을 드러내 보이는 대상은 자신에게 뼈와 살을 나누어준 육친으로서의 어머니의 존재이다. 대부분의 못난 아들이 스스로를 자책하며 자신의 어머니에게 품을 수밖에 없는 일종의 책임감이라고나 할까. 마치 하루하루 시로 일기를 써내려간 듯한 느낌마저 드는 이 간절함과 비통함이 교차하는 애증의 정체는 무엇일까. 일반적으로 얘기하자면 시인과 시의 화자는 달라서 엄연히 구별해서 쓰이지만 고진하의 시에서 시인이 곧 시의 화자임을 부인할 수 없는 것은 그의 시가 문학 중에서 가장 개인적인 장르에 해당하는 수필과 직접적으로 맞닿아 있기 때문일 터이다.

 치매에 걸린 어머니에 대한 근심과 연민은 「모란」의 한 구절 "얼마 전 저승 떠난 노모의 사망신고서"로부터 유추할 수 있다. 시간순으로 구성해보자면 「봄 처녀」는 "미수가 다 된 어머니" "가는귀먹은 어머니" "눈까지 침침하다 하시면서/ 못 보고 못 듣는 게 없으"신 어머니가 주인공이다. "돌나물 뜯다가 마른 풀섶에 놓인/ 종달새 알 몇 개를 보고/ 행여 누가 슬쩍해갈까봐/ 마른풀로 꼭꼭 숨겨주고 오"신 어머니이자 "잘하셨다고 칭찬해드리니/ 어린애처럼 배시시 웃으"시는 아기 같은 어머니이고 "방으로 들어가 누워/ 금세 드르릉 드르릉 코를 골며 주무"시는 어머니이다. 그래서 결국 "오늘은 봄 처녀가 되"신 어머니.

그런데 그 어머니가 늘 귀엽고 사랑스럽고 좋은 건 아니다. 보통의 어머니들이 자식에게 애증의 대상이듯 시인의 어머니도 그러하다. 「말썽쟁이 울 엄마」에는 치매에 걸려 자식을 고생시키는 어머니가 등장한다. 그 어머니는 두 살배기 아기처럼 "끼니 거르지 않고 꼬박 진지를 챙겨 드시지만 숟가락질이 서툴러서 이불이나 방바닥에 흘리기 일쑤이고", "이따금 사방 벽에 빛깔도 찬란한 황금 벽화를 그리는", "14인치 텔레비전 안테나 줄을 뚝 끊어 잇몸으로 잘근잘근 맛있게 씹고 계"시는 엽기적인 어머니이다.

그러던 어머니는 어느 날 집을 떠나 요양원으로 들어간다. 「은가락지」를 보면 굳이 들어보지 않아도 저간의 사정을 알 법도 하다. "이슬처럼 몸이 가벼워진 노모를/ 치매 요양원에 모셨다". 얄궂게도 그 이름은 '개나리꽃 정토요양원'. 「좁은 방, 넓은 들」의 "치매 요양원에 입원하신 지 석 달/ 노모는 손에 잡히는 것이면 뭐든지/ 다 부수고 갈기갈기 찢어놓는다"라는 구절과 「청맹과니」의 "오늘 치매 요양원에 계신 어머니에게 고구마죽 한 그릇 떠먹여드리고 돌아왔네" 같은 구절은 이러한 사실 관계와 상황을 적실하게 일러준다. 그러므로 「생일」에서 시인의 생일에 미역국을 한 숟가락 뜨다 말고 "치매 요양원에 계신 어머니를 떠올"리는 것은 너무나 자명한 일이다.

「맨드라미」에서 "눈멀고 귀먹고 정신줄마저 놓아버린 삼중고(三重苦)의 어머니"에게 아들은 차라리 이제 그만 당신 본향으로 돌아가시기를 소망한다. "더 쏟아놓을 것도 없으시잖아요 지상을 벌겋게 물들이는 일은 저 증손녀뻘 맨드라미 낭자에게 맡기시구요 이제/ 가볍게 가벼웁게 (……) 그리워하시던 저 서방 정토나 물들이세요 버얼겋게—"라고 말해야만 하는 아들의 심사는 얼마나 복잡하고 미묘한 것인가.

「티끌의 증언」은 애증이 교차하던 어머니가 세상을 떠난 후다. 그러니까 어쩌면 "불의 터널을 지난 뒤 화로(火爐)에 남은/ 뼈 몇 조각./ 오, 그이가 살던 궁전은 어디로?/ 늘그막엔 초라하게 변했지만/ 오, 그이가 가꾸던 오두막은 어디로?"(1연)에서부터 "유골함 앞세워/ 육중한 철문 밀고 나가자/ 가장 가벼운 것을 거둔 맹목의 하늘이/ 가장 가벼운 것들을/ 난분분 난분분 흩날리고 있었다"(4연)까지가 한 사람의 일생을 압축한 한 세상이다. 혹은 시인이 고단하고 힘들게 한 세상을 통과한 자신과 가장 가까운 피붙이에게 보내는 일종의 고백록이자 수기이다.

한 폭의 동양화를 연상시키는 「수목장」은 유일하게 "평생 가난과 고독의 악보에서 숨죽인 비명의 가락을 꺼내 불던 누이"의 입적에 관한 시처럼 보이지만 여기서도 설핏 죽은 어머니의 그림자가 겹쳐 보이는 것은 그래서일까. 노래를 통해 어머니는 시이고 철학이고 종교가 된다. 시인의 산문 「만경창파 위로 떠운 그 노래」에도 언급돼 있듯이 우리는 이를 일러 '뼈와 살의 고고학'이라 부를 수 있지 않을까.

"밤이면 엄마는 나를 데리고 마당에 내려가 별 많은 하늘을 쳐다보았다. 북두칠성을 찾아 북극성을 가르쳐주었다. 은하수는 별들이 모인 것이라고 일러주었다. 나는 그때 그것을 이해할 수가 없었다. 불행히 천문학자는 되지 못했지만, 나는 그후부터 하늘을 쳐다보는 버릇이 생겼다." 피천득의 수필 「엄마」에 나오는 어머니를 사랑했던 아들의 담담한 육성은 고진하의 시를 통해서도 고스란히 전해지는 울림이자 떨림이다.

유무상생(有無相生)의 나날들

> 한 시대의 선지자이자 예언자인 시인은 그 시대를 대변하는 소명 의식을 품고 용기 있게 당대에 뛰어든다.
>
> ─월트 휘트먼(1819∼1892)

노자의 도덕경에는 '유무상생'이라는 말이 나온다. 말의 뜻 그대로라면 있는 것과 없는 것은 함께 존재한다는 바이겠지만 유와 무는 하나라는 전제에서 출발해 옳고 그름은 다름으로 모이고 다름은 사랑이 된다는 의미이기도 하겠다. 있고 없음은 서로 상호작용하면서 생겨나므로 세상만물과 자연의 이치가 저절로 그리된 것은 없으며, 모든 것이 서로 영향을 주고받아 그 속에서 존재한다는 뜻으로도 풀

131

수 있겠고 더 나아가 구분 짓고 구별하여 우열을 따지는 모든 개념들이 공허하기 때문에 온갖 사물 사건이 잎사귀처럼 어지럽게 무성해도 결국 각각 그들의 뿌리로 돌아간다고도 해석할 수 있겠다. 모두 4부로 나뉘어져 있는 이번 시집 2부에 실려 있는 시 「성(聖)모자상」에는 유무상생과 비슷한 함의를 품고 있는 마을 이름이 등장한다. 이른바 "유무상통 마을"이다.

인류학이 범박하게 말해서 인간에 관한 모든 것을 연구하는 학문이라 인간의 기원과 진화를 다루기도 하고 현대 인류의 다양성을 연구하기도 한다는 측면에서 고진하의 시에 '사랑의 인류학'이라는 이름을 붙여도 무방할 터이다. 그의 세번째 시집 『우주배꼽』에 실려 있는 「이른 봄날」과 「묵언(默言)의 날」은 한없이 작고 초라해진 인류의 현재 모습을 있는 그대로 바라보고 사랑하려는 시인의 고민과 사색이 담겨 있는 시들이다. 「이른 봄날」에서 "또 꽃피는 봄이 와/ 세상은 꽃피는 소리로 떠들썩하겠지만,/ 세상은 더 나아지지 않으리라"는 부정적 인식에서 출발한 화자는 "뒤틀리고/ 뒤틀리고/ 뒤틀린 세상은,/ 꽃바람에 눈 비비며/ 일어서는/ 어린 꽃눈마저 핍박하리라"는 더 큰 절망감에 가닿는다. "하루종일 입을 봉(封)하기로 한 날,/ 마당귀에 엎어져 있는 빈 항아리들을 보았다"로 시작하는 「묵언의 날」에서는 "큰 입을 봉(封)한 채 물구나무 선 항아리들" "부글거리는 욕망을 비워내고도 배부른 항아리들" "침묵만으로도 충분히 배부른 항아리들"에 자신의 심경과 처지를 투사한다. 그런데 세상 모든 걱정과 근심은 왜 하필 봄에 일어나는 걸까. 그러하니 끊임없이 가볍고 경쾌해지려는 시인에게 자조와 해학이 붙어다니는 것은 어찌할 수 없는 노릇이다.

이번 시집에서는 특히나 더 이웃 사촌인 동네 주민에 대한 평범한 일상 풍경과 주변 사람들의 모습이 자연스럽게 겹쳐진다.「초록 스크랩」의 "이앙을 다 마친 팽씨 노인",「엘리제를 위하여」의 쌀 포대를 옮기는 "우락부락한 표정의 지게차 기사 아저씨",「물물 교환」의 선산에 세울 비문을 써달라며 쌀을 보낸 생면부지의 독자 노인,「가묘」의 자기집 앞에 있는 무덤가의 풀을 베는 백발 성성한 박씨 노인, '화가 임윤아에게'라는 부제가 달린「날개」의 페닐케톤뇨증이라는 희귀 장애를 앓고 있는 젊은 화가가 각각 그 대상들이다.

세상의 크고 작은 사고와 사건들에도 시인의 눈과 귀는 활짝 열려 있다.「큰 고요에 대고 빌다」에는 티베트의 독립을 지키기 위해 분신한 젊은 여승에 대한 안타까움이 묻어나오고「인동초야, 용서하지 말거라」에서는 생명을 훼손하는 인간의 야만을 질책하기도 한다.「아지랑이야」에서는 프랑스 산마을에 모여 있는 종말론자들을 풍자하는가 하면,「야크」「보리밭에서」「똥 탑」으로 이어지는 '라다크 시편'들에서는 "살생의 에너지로/ 가득한" 지구에서 살아가기 위해 발버둥치는 모든 살붙이들에 대한 눈물겨움이 배어난다.

정신분석학 사전에 의하면 죽음본능에 반대되는 개념인

생명본능(生命本能, life instincts)은 새로운 통일체를 창조하고 유지하려는 특징을 지닌 자기보존본능에 다름아니다. 성서의 「예레미야서」 1장 14절, 16절에 언급된 예레미야적 탄식(jeremiad)이란 민중이 범한 죄악 혹은 신에 대한 불복종 때문에 파괴가 일어난다는 예언이지만 일반적으로 모든 극한적인 슬픔의 표현을 대체하는 표현으로도 사용된다. 유럽에서 신의 분노는 사악한 시대에 천벌을 내리는 행위이지만 미국에서는 신의 분노를 새롭고 보다 좋은 공동체를 가져오는 사랑의 행위로 해석하는 경우도 있기 때문이다.

그와 같이 고진하는 고통받는 타자의 아픔을 몸소 겪으며 그 속으로 들어가 스스로 앓는다. 그 타자가 각성한 상태의 민중이 아니라 일반적인 형태의 흩어져 있는 개체인 다중이라 하더라도 그러한 평범한, 보통의 사람들에게 천재지변처럼 덮쳐오는 어쩔 수 없는 '슬픔'에 기꺼이 공감하고 동참한다. 그의 시에 주조를 이루는 '외로움'과 '적막'과 '고요'는 대부분 타인의 고통으로부터 온다. '이별'과 '죽음'도 그렇게 탄생한다. '침묵'과 '달관'과 '체념'조차도 그러하다. "언제나 명랑한 저 날것들"(「봄의 우울」)을 받아 적는 "고독의 습(褶)에 젖은 창백한 문장"(「풍부한 시심(詩心)」)은 그러하기에 자연스럽게 "초록 무성한 숲"(「똥 속의 보석」)으로 스며들 도리밖에 없다. '적멸'의 한순간을 소요하는 관조와 무욕의 삶이 깃든 시편들, 이를테면 「잡초비빔밥」이나 「황금 그늘 속으로」「함박눈」이 참으로 고귀한 까닭은 여기에 있다.

일찍이 신의 부재와 생명의 소외, 자연의 황폐와 인간의
타락을 지켜보면서 삶의 비의와 죽음의 공포를 정면으로 응
시하던 그의 강렬하고 절박한 시들은 이제 섣부른 화해와
희망의 유혹으로부터도 저만치 벗어나 단순하게 촌스러워
져 있다. 선배였던 절대 고독의 시인 김현승과 후배에 해당
하는 짠 눈물의 시인 함민복의 기꺼운 진정성 사이에서 고
진하는 다음과 같이 고백하고 싶었는지도 모른다. "시와 사
귈 여생(餘生)이 있다면 살아낸 만큼만 쓰고 싶네. 시와 사
귄 순간들이 너와 나를 환희로 물들이는 꽃. 꽃이라면 무얼
더 바라랴."

변소에 들어가면
귀뚜라미들 울지도 않고
못대가리처럼 벽에 조용히 붙어 있네

볼일을 끝내고
다시 방에 들어와 있으면
금세 귀뚜라미 울음소리 들리지

귀뚜라미야!
귀뚜라미야!

아무도 없는 데서

나도 울고 싶을 때가 있단다
　벽에 이마를 짓찧으며
　혼자 울고 싶을 때가 있단다
　　　　　　　　　—「귀뚜라미야」 전문

　이 세상에 유사한 시는 있어도 똑같은 시는 하나도 없다.
모든 시인은 기존의 영향에 대한 불안으로부터 벗어난 새로
운, 전혀 다른 시를 쓰기를 원한다. 자신의 길을 가면서 자
기만의 세계를 만들고 싶어한다. 그러나 불행하게도 이 세
상에 전혀 다른 새로운 것은 없다. 단지 조금 다를 뿐이다.
그런데 그 조금 다르게 쓰는 것도 결코 쉽지가 않다. 똑같
지는 않지만 그와 유사한 다른 시를 쓰기도 어렵다. 같지만
다른 시. 근대적 이성은 사고의 확실성을 추구하면서 동일
률과 모순율이라는 단단하고 견고한 체계의 옷을 입었다.
그런데 유사성은 동일성(같음)과 상이성(다름)을 모두 껴
안는다. 조화와 융합을 바탕으로 한 세계관은 부드럽고 유
연하고 포용적이고 그래서 창조적이다. 그러니까 유사성이
딱딱하고 날카롭게 경직된 특별한 형태가 동일성이라고 해
야 할 터이다.
　훌륭한 학자는 나이가 들어도 미학과 윤리학의 길항 아래
시종일관 절제의 아름다움이 무엇인지를 보여준다. 마찬가
지로 어떤 시인들은 만년에 정신의 파탄을 맞는가 하면 또
어떤 시인들은 반대로 노년에 이르러서도 여일한 균형의 감

각을 잃지 않는다. 아시시의 평화주의자이자 만인의 형제였던 성 프란체스코의 삶을 연상시키는 고진하의 시와 삶에는 어떤 꾸밈이나 허세가 없다. 그의 시에 드러나는 시적인 것과 신적인 것의 묘한 결합은 저 1930년대 대표적인 전원파 시인인 신석정의 목가적 서정을 떠올리게 하지만 그러한 서정을 가능하게 하는 기본적인 성정은 오히려 소설적인 것과 신적인 것의 탁월한 조합을 보여주는 이승우의 성실함과 더 가깝게 닿아 있다.

"자신의 삶이나 일에 대해 단 스무 단어로 말해야 된다면 그것은 필연적으로 시가 될 것이다"라고 한 영화감독 하룬 파로키의 말을 굳이 인용하지 않더라도 시가 단순해지는 데엔 몇 가지 이유가 있을 터이다. 첫번째는 시인 자신의 시적 긴장이 풀려서일 것이다. 그게 아니라면 시인이 주체적으로 선택한 의도일 수가 있다. 고진하의 경우는 어떠할까. 예술과 생활이 분리된 채 글과 사람이 따로 노는 경우가 허다한 시대에 이 시인은 드물게도 한평생 시와 삶의 일치를 지향하여 단순함이야말로 정신의 최고 경지임을 깨닫게 해준다. "내가 숲으로 들어간 것은 내 인생을 오로지 내 뜻대로 살아보기 위해서였다"고 헨리 데이비드 소로가 생태문학의 고전으로 평가받는 자신의 저서 『월든』에서 밝히고 있듯이 삶의 본질을 확인하는 일은 단순하게 사는 법을 배움으로써 이루어진다.

한국 시사(詩史)에서 '정신주의'라는 말이 어디서부터 어떻게 잘못 통용돼왔는지는 모르겠지만 정신의 강인함과는 전혀 상관없는, 세속을 초월한 듯 보이지만 지극히 세속적인 시를 써온 사이비 시인들에 비하면 고진하의 시에서 읽으면 읽을수록 담백하게 우러나는 삶의 기품과 향기가 감지되는 까닭은 그 때문일 터이다. 어느 종교학자가 천명했듯이 자기기만적인 오늘의 약속들은 불가항력에 의해 내일 헛된 것으로 판명될 것이기에.

한없이 단순하면서도 촌스러울 정도로 담백한 고진하의 시에서 무엇보다 가장 크게 다가오는 것은 연민의 힘이다. 어느 원로 시인이 "내 시린 어깨를 보듬어주는 노숙한 연민"(김남조,「축원」)이라고 표현했듯이 연민(憐憫)이란 다른 사람의 처지를 불쌍히 여기는 고유한 마음이다. 그것은 인간 사이의 동류의식을 뜻하며 타인이나 인간적 속성을 가진 존재에 대하여 그들이 지닌 정신이나 감정을 '함께' 느끼면서 경험하는 행위를 의미한다. 인도 사상의 자비 혹은 중국 사상 가운데 공자의 인(仁)과 맹자의 측은지심(惻隱之心)을 포괄하면서 헤브라이즘에 기초한 서양 사상의 아가페에도 맥락이 닿는, 이 타인의 사고나 감정을 자기의 내부로 옮겨넣어 타인의 체험과 동질의 심리적 과정을 만드는 일에 고진하의 대부분의 시는 기여한다.

그러니까 아주 쉽게 말하자면 인간적인 괴로움과 고통은 연민에서 비롯된다. 울고 싶은 마음은 모든 추악함과 잘못을 감싸고 어루만지는 마음이기도 하다. 산다는 것은 죄를

범하고 벌을 받는 길이며 인간은 그러하기에 모두가 불쌍한 존재가 아닌가. 울고 싶은 사람, 우는 존재로서의 인간. 그런 차원에서 본다면 예수나 석가도 단지 보통 사람들보다 훨씬 더 타인에 대한 연민이 강한 사람이었을 뿐이다. 위에서 전문을 인용한 시 「귀뚜라미야」와 그의 또다른 시 「울음 농사」는 인간의 유한함과 허망함을 뼈아프게 자각하는 시인의 연민의 손길이 깃든 대표적인 작품들이다.

다만 예전과 변화된 게 있다면 그의 첫 시집에 실려 있는 「얼룩무늬 상처가 꽃피는 길을」 「건너야 할 강물은 저리도 깊은데」 「병아리를 파묻으며」 같은 시들과 두번째 시집의 「훨훨 불새가 되어 날아가게」 「일어나라, 죽음의 꽃을 들고!」 「藤, 등나무 아래 휘묻이하고 싶은」 속에 나오는 유다, 욥, 요나, 엘리야 같은 성서 속의 인물들에서 감지되는 아름답고 매혹적인 죽음의 이미지와는 다른 차원의 유쾌함이 이번 시집에 수록돼 있는 「명랑의 둘레」 「웃음 세 송이」 「억새」 「푸른 쉼표」 들에서 엿보인다는 점이다. 심지어 사회비판적인 성격이 강한 「예수」 「돈, 요놈!」 같은 시에도 입가에 슬며시 미소가 머물게 하는 깨알 같은 유머가 빼곡하게 박혀 있다.

영웅이나 악당을 등장시키지 않고, 지혜로운 보통 사람을 통해 진실과 정직을 환기시켰던 시적인 분위기극의 대가 안톤 체호프는 자신의 희곡을 가리켜 슬픈 희극이라 불렀다. 그러하기에 그의 작품에는 우울한 인생을 전복시키는 유쾌한 유머가 번득인다. 체호프의 예에서도 알 수 있듯 고진하 역시 자신에게 주어진 '하루'라는 현재의 시간을 최선을 다해서 즐겁게 살아내는 무한 긍정의 현실주의자로 볼 수 있을 것이다. 세속의 언어로 말한다면 더도 덜도 없는 지금, 이 순간의 완전한 하루를 열망하면서 일관되게 밀고 온 시의 인생, 시의 역정에 비하면 고진하는 지지리도 상복이 없다. 역설적인 말이겠지만 어쩌면 하늘이 주는 밥상이 그에게는 가장 큰 상일 터이다.

한국 서정시에 새로운 호흡을 불어넣은 시인은 인간과 세계의 관계와 존재 의미를 밝히는 작업을 한평생 해왔기 때문에 그의 작업을 명상과 사유에 바탕을 둔 일종의 구도문학으로 칭할 수도 있을 것이다. 한 사람의 가장으로 생활을 꾸려나가기 위해서 시에 집중하지 못하고 산문을 많이 썼다고 겸손하게 고백하고 있지만 실은 그에게는 시라는 이름의 다른 작업이 곧 산문이 아니었을까. 실제로 고진하의 시에는 산문적인 풍경이, 그리고 그가 쓴 산문에는 시적인 그림자가 줄곧 어른거린다. 그가 생각하는 진정한 교양이란 지식보다는 지혜에 더 다가서 있는, 삶을 성찰하는 올곧은 자세에서 비롯된다고도 볼 수 있겠다. 몸으로 사는 삶이라는 화두 아래에서는 수행이 곧 노역일 터이므로.

어딘지 모르게 박수근의 수수한 그림을 많이 닮은 듯도 한 그의 시에 자주 등장하는 그가 좋아하는 단어는 여백, 자연, 영혼, 신비, 상징, 의식, 자유 같은 말들이다. 그런데 참으로 재밌는 것은 이 단어들이 말라르메의 글에 자주 나타 났던 모더니즘을 대표하는 핵심어들이라는 점이다. 고진하의 시와 삶은 그러하기에 시골스러운 모더니스트에 무의식적으로 다가서 있는지도 모른다.

모네가 시골에 파묻혀 그림을 그릴 때 남겼던 유명한 단상 "여기서는 적어도 남들과 닮지 않아도 된다는 것이 좋다네. 내가 경험한 것만 표현하면 되니까"는 모더니스트들이 추구했던 예술의 자율성 곧 개성을 가장 심도 깊게 주창한 독창성의 선언이었는데 이는 고진하의 숨어사는 기쁨을 찬미하는, 제 갈 길로 가도록 내버려두는 삶과도 상통한다. 작품의 가장 순수한 형태로 돌아가기 위한 자기 몰입은 개인적인 고백을 더 넓은 현실에 대한 증언으로 확장시켰다. 그리하여 그들에겐 고통이 환희보다, 슬픔이 기쁨보다 더 많았다. 영혼을 잃어버린 현대에 다시 영혼을 불러올 수 있으려면 현실을 신비주의적으로 인식하고 받아들여야 한다고 여겼던 칸딘스키처럼, 너무나 당연한 말이겠지만 예술가들은 자신이 몸담고 있는 세계를 그려내야 한다.

영감의 원천은 내적 자유에서 나오므로 예술가들에겐 고독이 죽음처럼 드리워져 있다. 그러하기에 끝끝내 소수의 자유로운 사람들만이 '진보적'일 수밖에 없는 것이리라. 시인이 되려면 먼저 자기 자신을 완전히 알아야 한다고 랭보가 그랬듯이, 우리의 유일한 의무는 이전 시대가 이루어놓은 것들에 대한 칭찬을 그만두지 않으면서도 우리 시대로

부터 마땅히 받아내야 할 것을 얻는 것이라고 마네가 그랬듯이, 어떤 예술가도 자기 시대를 앞서 나갈 수 없고 그 예술가가 바로 자신의 시대라고 마사 그레이엄이 그랬듯이.

보편적인 아름다움을 넘어서 특수한 상황의 아름다움에 이르는 것이야말로 뛰어난 독창성이라고 한다면 사심(私心) 없음(disinterestedness) 곧 기득권이나 편견, 습관에서 자유로운 판단을 가능하게 하는 몰아(沒我)적 태도야말로 타인과의 공감을 가능하게 만들고 상상력을 발휘하여 다른 사람의 상태 속으로 들어가는 능력이다. 고진하의 시에는 이러한 초연함이 깃들어 있다.

나는 그와 몇 차례의 인도 여행을 같이했다. 어느 해인가 인사동에 있는 부산식당에서 열렸던 출판 기념회 때 그가 하모니카로 멋지게 들려주던 〈오! 목동아〉와 〈고향의 봄〉 같은 노래를 좋아하기도 했다. 그가 자주 인용하는 타고르나 칼릴 지브란 같은 시인들을 나 역시 지극히도 사랑한다. 내가 스스로 기꺼이 졸라서 사인을 받은 시집들에 그는 "한 송이 꽃이 피면 천하에 봄이 오네" 같은 구절들을 써주기도 하고 "멋진 광대"라거나 "도반"이라는 말로 그보다 훨씬 어린 나를 가까운 벗으로 따뜻하게 맞아주었다. 그의 깊고도 너른 마음씀씀이에 비하면 나는 여전히 품이 좁은 미욱한 사내에 불과하다.

호방하고 유쾌한 시풍으로 조선 중기의 명문장가로 이름을 날렸던 백호 임제는 일찍이 서로 헐뜯고 비방하고 질시

하면서 편을 갈라 모략을 일삼는 세속을 뒤로하고 명산대
천을 주유하며 일생을 풍류를 벗 삼아 자유분방한 한량으로
보냈다. "강한의 풍류 40년 세월/ 맑은 이름 당세에 울리고
도 남으리라.// 이제는 학을 타고 속세 그물 벗어나니/ 해상
의 반도는 열매 새로 익으리라"(임제, 「스스로를 애도함」).
  고정관념을 파괴한 현실 인식으로 큰 깨달음에 도달한
임제처럼 「고해」 「월식 ─ 한 지구인의 인증 샷」 「호젓한 밤
과 이별하는 방식에 대해 ─ 묵언 일기」 「상쾌해진 뒤에 길
을 떠나라」를 거쳐 고진하는 이미 초심으로 돌아가 아래 시
와 같은 경지에 이르렀다. 그러하니 이제 독자들은 이 가난
하고 유쾌한 시인이 앞으로 또 얼마나 단순하고 촌스러운
시로 삼라만상의 궁핍하고 억울한 처지를 저 무한하게 열
린 우주의 연민을 담아 긍휼하게 어루만져줄지 자못 궁금
한 법이다.

    기억의 집이 불타기 전
    기억의 짐에서 자유로워지게 하소서
                              ─「제야(除夜)」 전문

143

고진하   강원도 영월에서 태어나 감리교신학대학과 동 대학원을 졸업했다. 1987년『세계의 문학』을 통해 등단했다. 시집으로『지금 남은 자들의 골짜기엔』『프란체스코의 새들』『우주배꼽』『얼음수도원』『거룩한 낭비』등이 있으며, 산문집으로『신들의 나라, 인간의 땅 : 우파니샤드 기행』『시 읽어주는 예수』『책은 돛』등을 출간했다.

문학동네시인선 076
명랑의 둘레
ⓒ 고진하 2015

초판 인쇄 2015년 11월 5일
초판 발행 2015년 11월 10일

지은이 | 고진하
펴낸이 | 염현숙
책임편집 | 김민정
디자인 | 수류산방(樹流山房)
본문 디자인 | 유현아
마케팅 | 정민호 나해진 이동엽
홍보 | 김희숙 김상만 한수진 이천희
제작 | 강신은 김동욱 임현식
제작처 | 영신사(인쇄) 경원문화사(제본)

펴낸곳 | (주)문학동네
출판등록 | 1993년 10월 22일 제406-2003-000045호
주소 | 413-120 경기도 파주시 회동길 210
전자우편 | editor@munhak.com
대표전화 | 031) 955-8888
팩스 | 031) 955-8855
문의전화 | 031) 955-3576(마케팅), 031) 955-8861(편집)
문학동네카페 | http://cafe.naver.com/mhdn

ISBN 978-89-546-3841-8 03810
값 | 8,000원

* 이 책은 2015년 강원문화예술위원회 강원도 강원문화재단의 후원을 받아 발간되었습
  니다.
www.munhak.com

문학동네